Dieses Buch gehört

....

Krimi-
geschichten

von Belinda Rodik
mit Illustrationen von Guido Apel

gondolino

© gondolino in der Gondrom Verlag GmbH, Bindlach 2005
Reihenlogo: Klaus Kögler
Coverillustration: Silke Voigt
ISBN 3-8112-1983-9

005

Inhalt

Geräusche in der Nacht

Tinka lag wach in ihrem Bett und starrte zur Zimmerdecke. Der Vollmond tauchte das nächtliche Zimmer in silbernes Licht. Der Ventilator über ihr summte, draußen im Garten zirpten die Grillen und sie konnte das Brummen der Filteranlage des Swimmingpools hören. Ansonsten war es ganz ruhig. Zu ruhig, fand Tinka. Sie konnte einfach nicht einschlafen.

Erstens war es ihr zu heiß, zweitens zu ruhig, denn sie war den Lärm der Berliner Straßen gewöhnt, und drittens schlief sie ohnehin tagsüber schon so viel am Pool, dass sie nachts eben wach blieb und nicht mehr einschlafen konnte. Und das lag nur daran, dass sie mit ihren Eltern in diese abgelegene Pension in der Toskana hatte fahren müssen. Der einzige Pluspunkt war, dass sie ein eigenes Zimmer hatte.

Tinka lauschte weiter in die Nacht. Die Grillen zirpten um die Wette und sie versuchte herauszuhören, wie viele Grillen es wohl waren. So etwas schulte das Gehör und das musste sein, schließlich wollte sie einmal Detektivin werden. Aber warum hörten die Grillen jetzt plötzlich auf zu zirpen? Schlagartig war Ruhe eingetreten. Tinka spitzte die Ohren, atmete so flach wie möglich und lauschte. Da war jemand im Garten! Um diese Zeit?

Wie merkwürdig. Leise schlüpfte sie aus dem Bett, schlich zum Fenster und spähte hinaus. Dort

bei den Zitronenbäumen bei der Frühstückster-
rasse schlich jemand herum! Ein Dieb etwa? Tinkas Herz klopfte schneller. Aber ein Dieb konnte
es nicht sein. Die Pension war von einer meterho-
hen, weißen Mauer umgeben und der Garten
videoüberwacht. Hier kam niemand unbefugt herein. Aber wer war es dann? Sie wollte der Sache
unbedingt auf die Spur kommen.

Sie lief zum Schrank, öffnete ihn leise und holte
ihren Detektivkoffer heraus, den sie für alle Fälle
immer dabei hatte, kramte darin herum und setzte
sich schließlich die Infrarot-Brille auf die Nase.
Es war keine Profi-Bril-
le, aber man konnte
damit durchaus
etwas erkennen
im Dunkeln. So
gerüstet ging sie
ans Fenster zu-
rück und spähte
wieder nach drau-
ßen.

Der nächtliche Besucher stand gebückt und halb verdeckt hinter den Zitronenbäumen. Tinka erkannte Männerbeine, die in kurzen Pyjamahosen steckten und in den Händen hielt der Mann einen Spaten. Sekunden später hörte sie das schabende Geräusch von Metall auf Erde. Der nächtliche Gartenbesucher buddelte im Garten herum! Aber warum? Sie konnte einfach nicht gut genug sehen. Sie musste in den Garten hinunter.

Tinka schnappte ihren Detektivkoffer, schlüpfte in ihren Morgenmantel und ihre Puschen. Dann schlich sie auf leisen Sohlen die Treppen hinunter. Die Terrassentür des Frühstückszimmers stand sperrangelweit offen! Das Mondlicht flutete herein und malte gespenstische Schatten an die Wände. Tinka drückte sich an der Wand entlang bis zur Tür und war dann mit einem Satz auf der Terrasse. Aber gerade als sie zu den Zitronebäumen lief, sah sie, dass der nächtliche Besucher offenbar mit seiner Arbeit aufgehört hatte und auf dem Rückweg ins Haus war. Wie dumm – sie hatte ihn um Sekunden verpasst. Tinka drehte sich

12

um, aber der Gartenbesucher war bereits im Haus und verschloss nun einfach die Terrassentür! Sie hatte ihn nicht erkennen können, aber es war ein Mann – so viel hatte sie gesehen. Und jetzt stand sie hier und konnte nicht mehr in das Haus zurück. Na, wunderbar.

Den Rest der Nacht verbrachte sie mit der Infrarot-Brille auf der Nase im Garten und suchte nach Spuren. Der Gartenbesucher hatte tatsächlich begonnen ein Loch unter den Zitronenbäumen zu graben, war aber nicht sehr weit gekommen. Im Grunde hatte er die Erde nur aufgekratzt. Tinka betrachtete die Stelle unter den Zitronenbäumen noch genauer. Genau hier hatte er gestanden. Die Fußabdrücke waren eindeutig von dem Besucher, denn rundherum waren ansonsten keine Spuren zu erkennen. Mit einem Maßband errechnete sie Schuhgröße

44 ½ und das Profil war das von Badeschlappen – Querrillen auf Gummi. Sie notierte alles und wartete schließlich auf der Terrasse auf den Morgen. So etwas war ihr noch nie passiert – während der Arbeit ausgesperrt zu werden – aber Detektive mussten einfach mit Dingen dieser Art rechnen.

Als die Sonne über den Hügelkamm im Osten kroch, stand sie auf und schlich um das Haus herum. Sie wollte nicht, dass sie jemand entdeckte. Kaum war sie um die Ecke, hörte sie auch schon, wie die Terrassentür geöffnet wurde und die Pensionswirtin und ihr Mädchen die Terrasse für das Frühstück vorzubereiten begannen. Tinka wartete, bis die beiden wieder im Haus verschwanden und schlich dann unbemerkt in ihr Zimmer zurück.

Den ganzen Tag über dachte sie nur an den nächtlichen Gartenbesucher. Aber wer konnte es sein? Hinter ihrer Sonnenbrille versteckt, beobachtete sie die Männer, die hier in der Pension waren. Da war der alte Mann aus München, aber der ging mit Krückstock – er konnte es also nicht sein. Und dann gab es noch den Gärtner und den

14

Pensionswirt. Ja, und ihren Vater. Aber warum sollte der im Garten graben? Andererseits – ein Detektiv durfte niemanden aus den Ermittlungen ausschließen, nur weil er ihn besser kannte als die anderen.

Der Mann hatte Schuhe der Größe 44 ½ getragen mit Querrillen auf Gummi.

Während sie „Schatzsuche" mit ihrem Vater spielte und er gerade die Karten neu mischte, streute sie ihre Frage ein: „Sag mal Papa, welche Schuhgröße hast du eigentlich?"

„44 ½ - warum fragst du?", antwortete ihre Mutter und sah sie erstaunt an.

„Ach – nur so", gab Tinka zurück und tat so, als würde sie sich auf ihre Karten konzentrieren. Ihr Vater hatte also genau die richtige Schuhgröße. Sehr verdächtig. Dennoch musste sie heraus-

15

finden, welche Schuhgröße die anderen Herren in der Pension trugen. Aber wie kam sie an diese Informationen?

Ihre Gedanken drehten sich im Kreis, sie verlor eine Partie nach der anderen, legte sich schließlich in einen Liegestuhl und dachte weiter erfolglos nach, bis ihr der Zufall zu Hilfe kam. Er eilte in Gestalt des Gärtners durch den Garten, der völlig aufgelöst die Wirtsleute holte, auf das Loch im Garten deutete und dabei mit einem Spaten wild herumfuchtelte. Tinka richtete sich auf und sah über ihre Sonnenbrille hinweg zu der kleinen Gruppe.

„Was ist denn da los?", murmelte ihre Mutter neugierig.

„Stellen Sie sich vor – jemand hat ein kleines Loch gegraben in der Nacht!", rief die Wirtin aus, als sie zu ihnen kam. „Ich verstehe das einfach nicht – wer macht denn so was?", fuhr die Wirtin fort.

„Welche Schuhgröße hat eigentlich Ihr Mann?", fragte Tinka ganz schnell.

So schnell, dass die Wirtin völlig automatisch antwortete: „46. Bei italienischen Schuhen. Bei deutschen Schuhen 44 bis 44 ½." Sie stockte und fügte dann hinzu: „Warum willst du das denn wissen?"

„Ach – ich interessiere mich für Schuhe", antwortete Tinka, stand flugs auf und lief ins Haus. Sie wollte weiteren Fragen aus dem Weg gehen, holte stattdessen das Maßband aus ihrem Detektivkoffer und eilte in den Garten zurück. Das alte Ehepaar saß am Pool. Beide waren eingenickt wie ihr Vater. Ihre Mutter unterhielt sich noch immer mit der Wirtin. Sehr gut. Tinka schlenderte zu dem alten Ehepaar, tat so, als würde sie ins Wasser gehen wollen und setzte sich an den Schwimmbeckenrand direkt zu Füßen des Ehepaares. Dann drehte sie sich geschwind um und nahm Maß am Fuß des Mannes. 44 ½. Ja trug denn jeder Mann hier die gleiche Schuhgröße? Tinka schlenderte zu ihrem Liegestuhl zurück.

„Das ist alles mehr als merkwürdig", sagte die Wirtin gerade noch, dann rauschte sie ins Haus

und Ruhe kehrte im Garten ein. Den Rest des Tages grübelte Tinka weiter. Beim Abendessen konnte sie sich überhaupt nicht auf das Gespräch mit ihren Eltern konzentrieren, stocherte in ihrem Salat herum und dachte an den nächtlichen Gartenbesucher.

Schließlich fasste sie den Entschluss, dass sie diese Nacht nicht in ihrem Zimmer auf ihn warten würde, sondern direkt im Garten – dort konnte sie ihn sofort stellen, sofern er überhaupt noch einmal erschien.

Kaum war es ruhig im Haus, war Tinka wieder auf den Beinen. Mit Lupe, Infrarot-Brille und Taschenlampe bewaffnet schlich sie in den Garten hinaus und setzte sich hinter einen der Olivenbäume. Dort wollte sie auf den Besucher warten. Und es dauerte nicht lange, bis er tatsächlich kam. Er schlenderte über die Terrasse, rückte Stühle hin und her und suchte offensichtlich den Spaten. Aber den hatte der Gärtner wohlweislich weggeschlossen.

Tinka beobachtete durch die Infrarot-Brille alles sehr genau. Der nächtliche Besucher drehte ihr dummerweise immer den Rücken zu und außerdem war die Sicht durch die Zitronenbäume versperrt. Dann hörte sie, wie der nächtliche Gartenschleicher nä-her kam. Gleich würde sie sehen, wer es war. Aber ausgerechnet in dem Moment, als er so nahe kam, dass sie ihn hätte erkennen können, ging er in die Hocke!

Er kratzte mit den Händen in der Erde herum. Tinka wollte gerade aufstehen und ihn näher betrachten, da fühlte sie eine Hand auf der Schulter.

„Haben wir dich!"

Tinka fuhr herum. Die Wirtin, ihr Mann und der Gärtner standen hinter ihr und sahen mit grimmigen Mienen zu ihr.

„Aber ich bin das doch gar nicht!", verteidigte sich Tinka und deutete gleichzeitig hinter die Zitronenbäume. „Da ist der nächtliche Gartenbesucher!"

Die drei sahen in die Richtung, die Tinka angezeigt hatte.

„Also, das ist doch ...", murmelte die Wirtin energisch und stapfte auf den Gartenbesucher zu. Tinkas Gedanken wirbelten durcheinander. Wenn sowohl der Wirt als auch der Gärtner hier waren, dann konnte der Besucher nur noch ihr Vater sein ... Sie lief den dreien hinterher und tatsächlich: Ihr Vater stand da im Pyjama und sah völlig verwirrt aus.

„Was, was mache ich hier?", fragte er gerade.

„Das frage ich mich auch!", schimpfte die Wirtin los und der Gärtner fiel auf italienisch ein.

„Das ist alles sehr peinlich – so etwas ist mir noch nie passiert!", murmelte Tinkas Vater und fragte dann: „Vielleicht bin ich Schlafwandler?"

„Schön und gut – aber warum graben sie Löcher in den Garten?", brummte der Wirt.

Tinkas Vater wusste keine Antwort und zuckte etwas hilflos mit den Schultern. In dem Augenblick fiel Tinka die Lösung ein.

„Na, wir spielen doch die ganze Zeit ‚Schatzsuche'! Papa wollte wahrscheinlich einen Schatz heben."

Tinka strahlte in die Runde.

„Ja, das kann sein", antwortete ihr Vater etwas zögerlich, überlegte kurz und fuhr dann fort: „Ich dachte, ich hätte das nur geträumt, aber ich wollte tatsächlich einen Schatz heben."

Die Wirtin lachte schallend auf.

„Bin ich froh, dass das nun geklärt ist! Aber ich denke, es ist doch besser, wenn Sie keine Löcher mehr graben ..."

„Ich werde mich bemühen – am besten verriegeln sie die Terrassentür so, dass ich nicht mehr hinauskann, falls ich wieder zu schlafwandeln beginne."

Lachend gingen alle ins Haus zurück und beim Frühstück musste Tinka allen Pensionsgästen von ihrer Detektivarbeit berichten.

22

Der gestohlene Schmuck

Tobias saß mit seinen Klassenkameraden beim Frühstück. Sie waren für eine Woche in ein Landschulheim nach England gefahren. Tobias fand wie alle anderen, dass dieses Landschulheim das beste war, das sie jemals besucht hatten. Ein altes Schloss mitten in den verschneiten Hügeln von England. In einer Woche würden die Weihnachtsferien beginnen und so konnten sie diesen Aufenthalt in England eigentlich auch schon als Ferien

verbuchen. Tobias schenkte sich Tee ein und sah sich ein wenig um.

Nur einige ihrer Lehrer waren auch schon zum Frühstück erschienen. Herr Konradsen, Herr Meyer, Mademoiselle Noel und auch Mister Johnson, der englische Sprachlehrer, der ihnen für diese Woche zugeteilt worden war. Mit dem englischen Frühstück konnte sich Tobias überhaupt nicht anfreunden. Aufgeweichte Cornflakes, warmer Porrigde und gebratene Nieren – nicht sein Fall.

„Es schmeckt grauenvoll", bemerkte Jakob gerade, der ihm gegenübersaß und zog eine Grimasse. Tobias wollte etwas erwidern, kam aber nicht dazu.

„Hilfe! Ich bin bestohlen worden!"

Der Schrei seiner Klassenlehrerin gellte durch die Frühstückshalle. Löffel klirrten auf Tische, Tassen wurden abrupt abgestellt und die Köchin ließ beinahe einen Stapel Teller fallen. Tobias hätte sich fast verschluckt und hustete, während er zu Frau Müller sah, die mit hochrotem Kopf an den Lehrertisch stürmte. Herr Konradsen, der Lei-

24

ter der Schulwoche, stand auf und täschelte ihr mit der Hand auf den Rücken, während er sagte: „Ganz ruhig, Louise, was ist denn gestohlen worden?"

„Mein Schmuck! Mein ganzer Schmuck ist weg!"

„Na, vielleicht hast du ihn nur verlegt?", warf Herr Meyer, der Mathelehrer, kauend und mampfend ein. Er ließ sich seinen Appetit nie verderben.

Frau Müller stemmte die Arme in die Seite und sah ihn strafend an. Dann wandte sie sich wieder Herrn Konradsen zu, der seine Brille nach oben schob und forschend zu ihr sah. Frau Müller holte tief Luft und sagte dann vorwurfsvoll: „Nein, habe ich nicht. Außerdem ist das Fenster eingeschlagen worden. Das ist doch der Beweis dafür, dass ein Dieb am Werk war. Und der ist nun wahrscheinlich schon geflohen. Mit meinem Schmuck!"

Herr Konradsen nickte bedächtig. Selbst Herr Meyer sah verblüfft hoch und Tobias hielt den Atem an. Ein Dieb!

„Ja, das denke ich auch. Ich werde die Polizei rufen."

25

Tobias sprang hoch. Sein Stuhl kippte nach hinten und schlug krachend auf dem Steinboden auf. Er wurde rot, stellte den Stuhl wieder hin und lief zu den Lehrern.

„Herr Konradsen, bitte – darf ich den Tatort sehen, bevor sie die Polizei rufen?"

„Wozu das denn?", warf Herr Meyer mit vollem Mund ein und Cornflakes-Brösel krümelten dabei aus seinem Mund.

„Weil ich ein prima Detektiv bin, deshalb. Vielleicht kann ich den Dieb entlarven. Dann brauchen wir keine Polizei!"

„Na und ob wir die brauchen."

Frau Müller sah wütend zu Herrn Konradsen, der angestrengt nachdachte. Dann lächelte er und meinte: „Na gut, Tobias. Dann zeig mal, was du als Detektiv so kannst."

Tobias strahlte über das ganze Gesicht, setzte dann aber sofort eine besonders würdevolle und nachdenkliche Miene auf. Ein grinsender Detektiv wurde selten ernst genommen.

„Frau Müller – wann genau ist das denn passiert?

Also, wann ist Ihnen aufgefallen, dass der Schmuck weg und das Fenster eingeschlagen ist?", fragte Tobias. Er spürte die Blicke seiner Klassenkameraden auf sich ruhen. Sie sahen alle gespannt zu ihnen. Keiner machte einen Mucks. Nur Frau Müller sah griesgrämig drein und sagte schließlich: „Also ich glaube nicht, dass das etwas bringt. Thomas, ruf schon endlich die Polizei."

Herr Konradsen sah etwas genervt aus.

„Louise, nun tu dem Jungen schon den Gefallen."

„Wir verlieren nur Zeit. Und dann ist der Dieb längst über alle Berge!"

„Na, bei dem Wetter kommt er nicht weit", sagte Herr Konradsen und deutete aus dem großen Fenster: Dichter Schneefall hatte eingesetzt. Nein, ein Dieb kam wirklich nicht weit bei diesem Wetter. Die Straßen waren glatt und wurden nicht geräumt, da war es schwer mit dem Auto zu fliehen.

„Also gut – ich war im Badezimmer auf dem Flur, habe geduscht, die Zähne geputzt und als ich zurückkam, war das Fenster eingeschlagen. Und

dann sah ich, dass jemand meinen Schrank aufgebrochen und die Schmuckkassette gestohlen
hatte."

„Gut", murmelte Tobias und sah zu Herrn Konradsen. „Darf ich dann schnell den Tatort sehen?"

Herr Konradsen nickte und Frau Müller ging vo-
raus. Tobias und Herr Konradsen folgten. Seine

28

Klassenkameraden wollten sofort mitkommen, aber Herr Meyer hob die Arme und sagte: „Nein. Alles bleibt sitzen. Wir wollen doch hier nicht so viel Wirbel machen! Also, alles wieder auf die Plätze!" Dann aß er weiter.

Tobias hörte noch, wie seine Klassenkameraden murrten. Er war mächtig stolz darauf, dass Herr Konradsen so viel Vertrauen in ihn hatte und wollte nun alles daransetzen ihn nicht zu enttäuschen. Sie gingen gemeinsam in Frau Müllers Zimmer im Erdgeschoss. Es war ein großes, prächtiges Zimmer mit roten Samtvorhängen, dicken Teppichen und einem Himmelbett. So toll waren ihre Zimmer nicht eingerichtet. Aber das war jetzt nicht so wichtig. Vorsichtig ging Tobias an das Fenster heran und betrachtete die Stelle, an der es eingeschlagen war. Dann drehte er sich zu Herrn Konradsen und sagte: „Also, der Dieb müsste eigentlich noch hier sein. Oder aber es war gar kein Fremder, sondern jemand von uns."

„Warum das denn?", fragte Herr Konradsen verblüfft und Frau Müller neigte neugierig den Kopf.

„Naja – die Fußspuren im Schnee führen nur zum Fenster hin, nicht aber zurück. Es ist also jemand hereingekommen, aber nicht durch das Fenster wieder nach draußen geschlüpft. Der Dieb wollte nur vortäuschen, dass er ein Fremder ist – so sieht es aus. Und: wer durch den Schnee stapft, hat nasse Schuhe. Man sieht hier noch genau die nassen Abdrücke."

„Stimmt. Das ist ja genial", flüsterte Herr Konradsen und sah fasziniert zu Tobias, dann zum Fenster und dann wieder zurück zu Tobias. Tobias deutete auf die Fußspuren, die quer durch das Zimmer zu dem großen Schrank und dann aus dem Zimmer hinausführten. Die beiden Lehrer sahen mit großen Augen zu den Fußspuren.

„Das ist mir gar nicht aufgefallen", meinte Frau Müller kleinlaut.

„Und wie sollen wir den Dieb finden? Hier sind 45 Schüler und 8 Lehrer – bis wir in dieser Menge den Dieb ausfindig gemacht haben, ist die Woche vorbei", rief Frau Müller aus.

„Wenn wir uns beeilen, finden wir den Dieb vielleicht sofort", meinte Tobias.

„Ach ja?"

Herr Konradsen hob erstaunt die Augenbrauen. Tobias nickte eifrig mit dem Kopf.

„Der Dieb muss noch nasse Schuhe tragen. Oder aber sie stehen in seinem Zimmer. Ich würde vorschlagen, wir suchen einfach die nassen Schuhe. Außerdem muss der Dieb ein Erwachsener sein, wenn man sich die Schuhgröße ansieht."

„Geniale Idee! Louise, du gehst durch die Lehrerzimmer. Tobias und ich werden die Schuhe im Speisesaal untersuchen."

Frau Müller hastete hinaus und Tobias folgte Herrn Konradsen zurück in den Speisesaal. Er bemerkte, wie aufgeregt er war. Dann schielte er vorsichtig nach unten und kontrollierte, ob Herrn Konradsens Schuhe nasse Abdrücke hinterließen. Er atmete erleichtert auf, als er sah, dass sie es nicht taten. Tobias mochte Herrn

Konradsen sehr. Er war der beliebteste Lehrer der Schule.

Im Speisesaal erklärte Herr Konradsen, was sie nun vorhatten. Die Schüler flüsterten und tuschelten. So etwas Spannendes hatten sie auf ihrer Klassenfahrt gar nicht erwartet.

Tobias war es etwas peinlich seinen Lehrern auf die Schuhe gucken zu müssen. Herr Meyer aß immer noch – er hatte sich gebratene Würstchen geholt und hob die Füße nur kurz an. Seine Schuhe waren trocken. Und dann fiel Tobias' Blick zu Mister Johnson, der hektisch seine Schuhe auf dem Läufer hin und her rieb und einen hochroten Kopf hatte. Tobias zupfte Herrn Konradsen am Ärmel seiner Jacke.

„Was ist?"

„Ich glaube, ich weiß wer der Dieb ist", flüsterte Tobias.

Herr Konradsen fuhr herum und Tobias deutete zu Mister Johnson. Der sprang auf und wollte weglaufen, aber Herr Meyer, der sonst immer so träge war, war schneller und bekam ihn noch zu fassen.

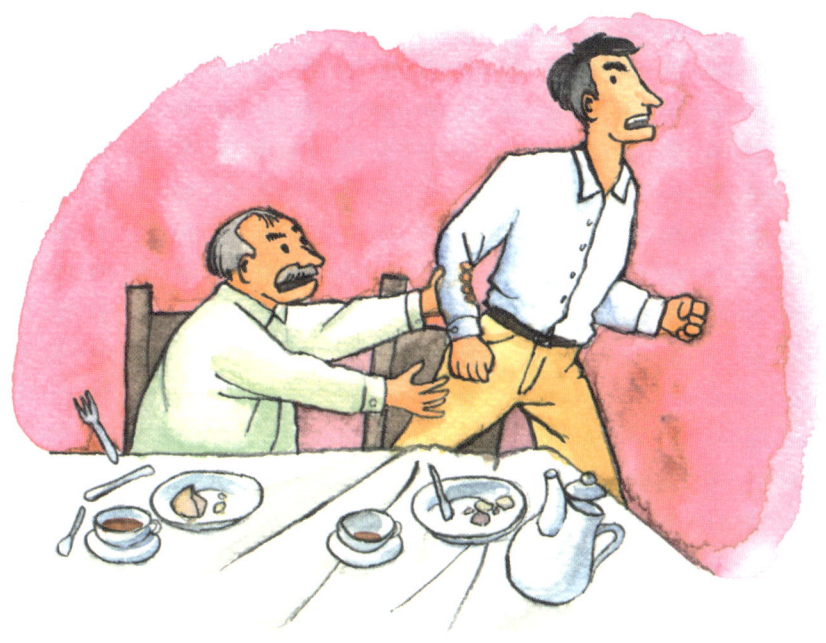

Als die Polizei kam, stellte sich heraus, dass Mister Johnson in Wahrheit überhaupt kein Lehrer, sondern ein lange gesuchter Dieb war, auf den eine Belohnung ausgesetzt war. Herr Konradson fand, dass Tobias die Belohnung für sich alleine behalten sollte, aber Tobias spendierte sie für eine Klassenfahrt nach London. Dort besuchten sie das „Sherlock-Holmes-Museum", denn Sherlock Holmes war schließlich sein größtes Vorbild.

Fahrerflucht

Wie jeden Samstagmorgen um 9 Uhr war Alexander unterwegs um Brötchen zu holen. Er liebte es so früh am Morgen durch die Nachbarschaft zu wandern. Dabei konnte man unauffällig in die Vorgärten und Garagen gucken. Er ging auf den Gehsteig hinaus und versuchte nicht zum Nachbarhaus zu seiner Linken zu sehen. Dort wohnte Nachbar Griesgrahm-Stahl, der immer etwas zu meckern hatte. Sein Wagen stand in der Einfahrt. Alexander

ging nach rechts die Tulpenstraße hinunter, bog dann um die Ecke in die Blumenstraße, schlenderte die Straße hoch, an den Reihenhäusern vorbei. Dann musste er nur noch über die Kreuzung und schon war er in der Bäckerei.

Alexander wusste genau, wie viele Schritte er von seiner Haustür bis zur Bäckerei brauchte und auch, wer an diesem Samstagmorgen zu Hause war oder nicht. Er hatte die Autos gezählt, die Fahrräder und auch die Mofas neben und vor den Häusern und wusste nun genau Bescheid. Er würde irgendwann ein klasse Detektiv werden. So viel war sicher. Er trat in die Bäckerei, die Glocke bimmelte wie immer und wie jeden Samstagmorgen kurz nach 9 Uhr war der Laden total überfüllt. Das kam vor allem daher, dass Frau Korn, die Inhaberin der Bäckerei, mit jedem ihrer Kunden eine ausführliche Plauderei begann. Daher musste er meist zwanzig Minuten und länger warten, bis er dann endlich an die Reihe kam. Dann wurde die Schule und die Lehrer ausgefragt, ehe er seine Bestellung loswerden konnte.

Alexander atmete auf, als er sich endlich mit Brötchen und Croissants bewaffnet wieder zur Tür hinausschieben konnte. Frau Korn gäbe einen noch besseren Detektiv ab als er, dachte er, überquerte die Kreuzung, schlenderte die Reihenhäuser in der Blumenstraße entlang zurück und betrachtete die Umgebung mit Argusaugen. Ein paar Kleinigkeiten fielen ihm auf – so zum Beispiel, dass die Biedenkamps mittlerweile den Briefkasten geleert hatten, die Wagners mit dem Auto weggefahren waren (die Garage war jetzt leer) und der Rasensprenger bei Blümlis angestellt worden war. Dann bog er wieder in die Tulpenstraße ein.

Aber was war denn da los? Vor seinem Elternhaus stand eine Hand voll Leute und diskutierte lautstark. Was war da passiert! Alexander begann zu laufen. Die Brötchentüten in seiner Hand knisterten und schlenkerten. Er rannte noch schneller.

Etwas außer Atem kam er an ihrem Grundstück an. Seine Mutter stand völlig aufgelöst bei ihrem Auto, sein Vater diskutierte mit der Nachbarin Frau Riefenseif und deutete dabei mit den Armen hin und her.

„Was ist denn los?", fragte Alexander und versuchte aus dem Wortgefecht, das sich entwickelt hatte, ein paar Informationen herauszuhören, was ihm leider nicht gelang. Dafür sprachen alle viel zu hektisch durcheinander.

„Papa – was ist denn passiert?", drängte er.

Sein Vater drehte sich zu ihm um.

„Du glaubst es nicht! Uns ist einer ins Auto gefahren und einfach abgehauen!"

Alexander machte große Augen und sah zu ihrem grünen Auto. Der linke hintere Blinker war zerbrochen und die Stoßstange hinten links völlig eingedrückt. Kein großer Schaden, aber der, der den Schaden verursacht hatte, war weg und Fahrerflucht war Fahrerflucht.

„Und wann ist das passiert?", hakte er nach.

„Jetzt gerade. Deine Mutter und ich sind vom Einkauf zurückgekommen und haben die Tüten und Taschen hineingeschleppt. Ja, und als wir zurückkamen, war das Unglück schon geschehen."

„Hm", murmelte Alexander und betrachtete den Schaden genauer. Dann sah er die Straße hoch und nahm auch die andere Richtung in Augenschein. Nichts Verdächtiges zu sehen.

„Warum habt ihr eigentlich auf der Straße geparkt?", fragte Alexander, während er zu seinen Eltern und den Nachbarn zurückging.

„Was? Ach, Alexander, musst du uns ausgerechnet jetzt mit Fragen löchern? Ich muss die Polizei rufen."

„Mama – es ist wichtig", drängte Alexander.

„Na gut – wir wollten noch kurz in den Baumarkt fahren, deshalb sind wir gleich auf der Straße stehen geblieben. Reicht das als Antwort?"

Ohne abzuwarten wandte sich seine Mutter wieder Frau Riefenseif zu.

„Auf alle Fälle war es ein rotes Auto – hier sind rote Lackspuren", sagte sie.

Alexander horchte auf. Ein rotes Auto also. Der Sache musste man doch auf die Spur kommen! Die Tulpenstraße, in der er wohnte, war eine Sackgasse und auch die Blumenstraße. Und der Wagen, der das Auto seiner Eltern gerammt hatte, war vom Ende der Sackgasse gekommen. Und das Unglück war gerade eben geschehen, als er von der Bäckerei nach Hause ging. Alexander dachte

scharf nach und überlegte hin und her. Er setzte sich auf den Bordstein und biss auf seiner Unterlippe herum, was er immer tat, wenn er angestrengt nachdachte.

Noch einmal ging er alle Fakten durch: Da waren die Sackgasse und die Tatsache, dass ihm der Wagen eigentlich hätte entgegenkommen müssen, als er von der Bäckerei nach Hause gegangen war. Aber ihm war kein Auto entgegengekommen. Und was besagte das? Der Fluchtwagen war noch hier und der Fahrer wohnte wahrscheinlich in ihrer Straße. So einfach war das.

Alexander sprang hoch. Wieder sah er die Straße rauf und runter. Und dann ging ihm ein detektivisches Licht auf. Schnell ging er zu seinem Vater.

„Papa. Papa – hör doch mal!"

„Alexander, bitte – ich versuche gerade die Polizei anzurufen", gab sein Vater etwas entnervt zurück, das Handy am Ohr.

„Papa, ich weiß, wer der Unfallfahrer war", drängelte Alexander.

„Was?"

Schlagartig wurden alle still und starrten zu Alexander. Dieser lächelte stolz in die Runde und sah dann ernst zu seinem Vater.

„Es war unser Nachbar, Herr Griesgrahm-Stahl", verkündete er.

„Das ist eine schwere Anschuldigung", gab sein Vater zurück.

Alexander nickte.

„Aber ich weiß es ganz genau. Komm mit! Fragen wir ihn doch einfach."

Sein Vater war so perplex, dass er sich einfach mitziehen ließ. Die Nachbarn und Alexanders Mutter folgten ihnen neugierig. Alexander drückte auf die Klingel und Nachbar Griesgrahm-Stahl erschien mit misstrauischem Gesicht in der Tür.

„Was ist denn los? Hat man denn nie seine Ruhe?", wetterte er los und schob sich auf den Absatz vor der Tür.

„Herr Gries- grahm- Stahl – es ist mir etwas pein- lich, aber Alexander ... also, ich

weiß jetzt auch nicht, wie ich sagen soll ...", stotterte Alexanders Vater und Alexander fiel ungeduldig ein: „Sie sind in unser Auto reingefahren und wollten es vertuschen!"

„So eine Frechheit!", erboste sich Herr Griesgrahm-Stahl und wollte die Tür wieder zuknallen, aber Alexander sagte: „Ich habe Beweise."

Herr Griesgrahm-Stahl wurde blass um die Nase.

„Ich habe das Haus heute Morgen überhaupt nicht verlassen", sagte er.

„So? Erstens hat Ihnen niemand gesagt, dass der Unfall heute Morgen geschehen ist und zweitens stand Ihr Auto um 9 Uhr morgens noch andersherum in der Auffahrt – mit dem Kofferraum zum Haus hin – jetzt steht es anders da. Und Ihr Auto ist rot und ich bin mir sicher, wenn mein Vater nachsieht, wird er auch grüne Lackspuren von unserem Auto daran finden."

Herr Griesgrahm-Stahl war noch eine Spur blasser geworden. Er senkte den Kopf und begann an seinem Hemd zu nesteln.

„Es tut mir ja so furchtbar Leid, ich wollte das nicht – aber ich habe Ihr Auto nicht gesehen, normalerweise bleiben Sie auch nicht auf der Straße stehen und dann bin ich aufgefahren. Ich habe so einen Schreck bekommen und da bin ich einfach wieder zurück in meine Auffahrt gefahren. Es tut mir wirklich Leid – bitte zeigen Sie mich nicht an! Ich werde den Schaden auch bezahlen!"

Herr Griesgrahm-Stahl jammerte und beinahe tat er Alexander Leid. Sein Vater sah böse zu ihm.

„Nein, ich zeige Sie schon nicht an. Aber den Schaden werden sie bezahlen und wenn mein Sohn wieder einmal die Musik etwas lauter aufdreht oder Besuch von seinen Freunden hat und im Garten spielen will, werden Sie nie wieder herummeckern! Einverstanden?"

Herr Griesgrahm-Stahl nickte erleichtert. Alexander aber strahlte über das ganze Gesicht. Er hatte seinen ersten richtigen Fall gelöst!

44

Ein Meisterdieb

Das erste Schmuckstück, das fehlte, war ein goldener Ring. Ein Erbstück von Tante Wilhelmine. Das war am Dienstag. Da glaubte ihre Mutter noch daran, dass sie den Ring vielleicht doch nur verlegt hatte.

Am Freitag suchte sie ihren goldenen Armreif und fand ihn nicht wieder. Zu diesem Zeitpunkt diskutierten Claudia und Christian auf dem Weg zur Schule zum ersten Mal darüber, ob nicht vielleicht doch ein Dieb in der Nachbarschaft sei.

Als sie dann am Samstag von ihren Freunden nach Hause kamen, sahen die Zwillinge, dass ihre Mutter völlig aufgelöst war. Sie suchte ihre wertvolle Brosche. Die von Urgroßoma mit den glitzernden Steinen darin.

„Seid ihr sicher, dass ihr die Brosche nicht gesehen habt?", fragte ihre Mutter sie verzweifelt.

„Ganz sicher", meinten Claudia und Christian einstimmig.

„Aber die Sachen können doch nicht einfach

davongeflogen sein!", rief ihre Mutter aus. „Ich weiß doch, dass ich den Schmuck auf die Ablage am Küchenfenster gelegt habe – und jetzt ist alles weg."

Claudia warf ihrem Zwillingsbruder einen verschwörerischen Blick zu. Christian nickte und die beiden liefen nach draußen in den Garten. In ihrem Baumhaus beratschlagten sie, was in der geheimnisvollen „Schmuckaffäre" nun getan werden musste.

„Die Polizei können wir nicht holen. Vielleicht findet Mama den Schmuck doch wieder und wir sind ganz schön blamiert", sagte Christian.

„Du hast Recht", stimmte ihm Claudia zu. „Aber wir müssen etwas unternehmen. Mal überlegen."

„Ich hab' eine Idee!", rief Christian und weihte seine Schwester in den Plan ein. Sie wollten sich den ganzen Nachmittag im Baumhaus auf die Lauer legen.

„Denn der Schmuck ist immer tagsüber verschwunden", sagte Christian.

„Also wird der Dieb heute wieder bei Tageslicht kommen! Logisch – Diebe verändern nie ihr Verhalten", fiel Claudia begeistert ein.

Die beiden stellten alles beiseite, was vor dem Ausguck des Baumhauses stand. Dann legten sie sich auf die Lauer. Aber der Dieb kam nicht und mit der Zeit wurde ihnen so langweilig, dass beide einschliefen.

„Claudia! Christian! Seid ihr da oben?"

Die beiden schraken gleichzeitg aus ihrem Schlaf hoch. Mittlerweile war es schon früher Abend und ihre Mutter rief sie zum Abendbrot ins Haus. Claudia und Christian kletterten etwas betrapst hinab. Schöne Detektive waren sie - die einfach einschliefen! Irgendwie war das peinlich.

„Es ist schon wieder etwas verschwunden!", jammerte ihre Mutter verzweifelt auf dem Weg ins Haus.

Die beiden horchten auf.

„Schon wieder?", fragten sie wie aus einem Mund.

„Ja, mein Ehering! Dabei habe ich so gut Acht gegeben! Ich war doch auf der Terrasse und habe mich ein wenig gesonnt - da konnte kein Dieb in den Garten oder ins Haus kommen! Und nächste Woche kommt euer Vater zurück. Was soll ich dem bloß sagen?"

Ihre Mutter war den Tränen nahe.

Abends beratschlagten Claudia und Christian in ihrem Zimmer, wie sie weiter vorgehen sollten.

Sie standen am Fenster und sahen in den nächtlichen Garten hinaus.

„Ich kann mir schon vorstellen, wie das heute Nachmittag passiert ist! Wahrscheinlich ist Mama auch eingeschlafen wie wir - und da kam der Dieb!", flüsterte Christian, damit ihre Mutter nicht hörte, dass sie so spät noch wach waren.

„Wir müssen morgen ganz genau aufpassen."

Mit diesem Vorsatz gingen sie schließlich zu Bett. Doch es kam anders als geplant. Als sie aufwachten, regnete es in Strömen. Dicke Tropfen prasselten gegen die Fensterscheiben und an einen Aufenthalt im Baumhaus war gar nicht zu denken. Das Dach war nämlich undicht.

„Ich habe mir das überlegt", sagte ihre Mutter beim Frühstück. „Vielleicht wurden die Sachen ja gar nicht gestohlen. Vielleicht habe ich sie nur irgendwo abgelegt und vergessen, wohin. Ich werde eben alt und vergesslich."

„Nein, auf keinen Fall!"

Die beiden drückten ihre Mutter zur Aufmunterung, aber dennoch: Der Schmuck musste auf der

Stelle wieder her! Oder sie mussten den Dieb fangen. Diese beiden Möglichkeiten gab es. Da einen Dieb zu fangen natürlich viel spannender war als das Haus nach dem verlegten Schmuck abzusuchen, beschlossen die beiden sich an diesem verregneten Sommertag unter der Kellertreppe zu postieren.

Claudia war nicht ganz so begeistert von der Idee. Denn unter der Treppe war es zwar schön trocken und man hatte einen hervorragenden Blick in den Garten, doch da trieben sich möglicherweise auch Spinnen, Tausendfüßler und andere gruselige Bewohner herum.

Aber da es für ihre Mutter war, biss sie die Zähne zusammen und drückte sich neben ihren Bruder in die Nische.

Und sie hatten Glück. Gerade als ein wolkenbruchartiger Regenschauer vom Himmel kam, sah Claudia einen dunklen Schatten aus dem Augenwinkel. Sofort rempelte sie Christian an, der die andere Seite des Gartens beobachtete.

„Schscht. ... Dort!", flüsterte sie.

Und da sahen sie beide einen großen Mann in dunklem Regenmantel, der um das Hauseck schlich und sich an der Wand entlang an das Küchenfenster heranpirschte.

„Was sollen wir jetzt tun?", fragte Claudia leise.

„Ich weiß nicht so recht", antwortete Christian. Ein bisschen spionieren im Garten war ja ganz lustig, aber einen richtigen, ausgewachsenen Dieb zu fangen, war eine andere Sache.

Der Mann stand inzwischen am Küchenfenster und sah vorsichtig ins Haus. Dabei drehte er sich mehrmals um. Dann drückte er gegen das Fenster um zu überprüfen, ob es zu öffnen war.

Jetzt überwog der Mut bei den beiden.

„Wir müssen den Dieb erwischen, solange er noch beim Fenster ist. Also los!"

Und mit einem Satz war Christian aus der Nische heraus. Claudia lief flugs hinter ihm her. Doch Christian übersah im Eifer des Gefechtes die große eiserne Gießkanne, in der Regenwasser für die Blumen aufgefangen wurde und rempelte dagegen.

Es gab einen Höllenlärm, als die Kanne zu Boden schepperte. Der Mann am Fenster schreckte hoch und sah die beiden. Rasch zog er seinen Schlapphut noch tiefer ins Gesicht, drehte sich um und lief mit großen Schritten davon.

„Das war's wohl", murmelte Claudia ein wenig niedergeschlagen, während sie ihrem Bruder auf die Beine half.

Dabei fiel ihr Blick auf den Rasen. Natürlich! Da es regnete, konnte man die Fußabdrücke prima im Gras sehen!

Aber jetzt war es wirklich Zeit die Polizei zu rufen. Zwei Polizisten kamen und verfolgten zu Fuß die Spuren. Nach einer Weile kehrten sie zurück.

„Leonhard, der Landstreicher war es. Ganz klare Sache. Die Fußabdrücke führen genau zu seiner Hütte am Waldrand", erklärte einer der beiden.

Sie stiegen in ihr Polizeiauto ein und erlaubten Claudia und Christian zur Belohnung mitzufahren.

Die Polizei fuhr mit Blaulicht bei der Hütte vor. Die Zwillinge mussten vorerst im Auto bleiben. Die beiden Polizisten liefen in die Hütte – und kamen wenig später lachend wieder heraus.

„Das müsst ihr euch ansehen!", sagte Polizeimeister Sonne, der Chef, und holte die beiden mit ins Haus.

In der winzigen Küche stapelten sich Bilder, Ölgemälde, Aquarelle und Tuschezeichnungen. Und mitten in dem Durcheinander aus Farben, Pinseln, Tellern und Tassen saß der Dieb! Der Mann mit Schlapphut und Regenmantel. Er war groß und hager und hatte schütteres blondes Haar. Und seine Augen blinzelten verlegen in die Runde. Eigentlich sah er sehr nett aus, der Dieb. Und zudem wirkte er völlig niedergeschlagen, aber Polizeimeister Sonne klopfte ihm auf die Schulter und lachte erneut.

„Erzählen Sie es den Kindern!"

Claudia und Christian sahen ihn fragend an.

„Das war so. Ich bin gar kein Landstreicher", erklärte der Dieb. „Ich heiße Leonhard und bin Maler von Beruf. Aber meine Bilder verkaufen sich momentan nicht so gut und daher kann ich mir keine schönere Wohnung leisten. Deshalb denken die Leute, ich wäre ein Landstreicher ... Naja – und das hier ist Kalista."

Er drehte sich um und zeigte auf ein kleines, schwarzes Eichhörnchen, das ganz oben auf einem Bücherregal saß, die Puschelohren spitzte und mit dunklen Knopfaugen neugierig nach unten lugte.

„Sie kann einfach nicht anders. Sie klaut alles, was glitzert. Na, und ich bringe es dann zurück."

„Aber warum haben Sie so lange gewartet, bis Sie die Sachen wieder zurückgeben wollten?", fragte Christian neugierig.

„Naja, ich wusste diesmal nicht, wem der Schmuck überhaupt gehört – erst im Ehering konnte ich den Namen eurer Eltern lesen. Und da es mir so peinlich war, erst jetzt die Sachen zurückzubringen, wollte ich es heimlich tun. Es tut mir wirklich schrecklich Leid!"

„Ist ja nochmal gut gegangen", lachte Polizeimeister Sonne.

„Darf ich Kalista ansehen?", fragte Claudia.

Das Eis war gebrochen. Kalista, das kleine Eichhörnchen, war ein Frechdachs und eigentlich überhaupt nicht scheu. Sie ließ sich gerne das Fellchen streicheln und hopste übermütig von einem zum anderen.

Den restlichen Sommer besuchten Claudia und Christian Leonhard beinahe täglich.

Und froh darüber, ihren Schmuck wiederzuhaben, freute sich ihre Mutter auch über jeden Besuch von Leonhard und Kalista und kaufte ihm ein großes Gemälde für das Wohnzimmer ab – es zeigte Kalista mit einem Ring zwischen den Pfoten, als würde sie eine Walnuss halten.

Natürlich waren Claudia und Christian besonders stolz auf das Gemälde – denn wer hatte schon einen Meisterdieb im Wohnzimmer hängen?

Kommissar Scharfsinn

Mein Name ist Julius und ich bin ein drahtiger Rauhaardackel von sehr schöner Statur mit einem kecken Bart und silbergrauen Haaren auf dem Rücken. Die grauen Haare rühren nicht nur daher, dass ich bereits 9 Jahre alt bin, sondern zeugen vor allen Dingen davon, dass meine Menschen-Familie so wenig auf mich hört. Egal ob ich einen Mondspaziergang um Mitternacht machen möchte oder abends noch gerne ein Speckbrötchen hätte – sie tun einfach nicht, was ich ihnen in Hundesprache sage. Dabei kann ich so schön bellen. Aber sie hören einfach nicht auf mich. Erst vor kurzem habe ich mir bestimmt wieder viele graue Haare geholt.

Es war an einem heißen Sommertag im Juli. Ich döste im Flur vor mich hin (ich weiß noch genau, dass ich von einem großen Knochen

57

geträumt habe), als mich die Türklingel aus meinen schönen Gedanken riss. Ich sprang auf, bellte mein „Achtung – hier lebt ein sehr gefährlicher Hund"-Bellen und wurde von Lukas weggescheucht. Er meinte noch: „Ach Julius, das hört doch jeder, dass du ein kleiner Hund bist. Außerdem ist das nur der Maler."

Ich war beleidigt, trollte mich in das Eltern-Schlafzimmer und legte mich auf das Bett. Natürlich darf ich das eigentlich nicht, aber irgendwie muss man ja auch als Hund seinen Protest zeigen. Und dafür gibt es zwei gute Wege: Entweder man leert den Mülleimer in der Küche aus oder man legt sich auf das Bett. Da ich müde war, wählte ich die zweite Variante. Hier muss ich hinzufügen, dass ich auf dem Bett von Lukas immer schlafen darf. Aber Lukas ist ja auch 9 Jahre alt – er ist also kein Erwachsener und daher nimmt er es nicht so genau mit den Verboten für Hunde, die die Eltern aufgestellt haben.

Besagter Maler aber sorgte dafür, dass niemand kam und nach mir sah und so auch niemand mitbekam, dass ich auf dem Bett lag. Da das keinen Spaß machte, wollte ich mich nun doch um den Eindringling kümmern. Er war immerhin schon seit Stunden bei uns und machte da Sachen, die ich vielleicht nicht gutheißen konnte. Also sprang ich vom Bett, lief in den Flur und schnupperte mich durch die Räume, bis ich den Fremden im Wohnzimmer aufspürte. Ich fand eine Katastrophe vor! Sämtliche Möbel waren in die Mitte des Zimmers gerückt und mit Folie bedeckt. Das pure Chaos war mit diesem Mann ins Haus gekommen.

Er trug weiße Latzhosen mit großen Taschen an der Seite, in denen Pinsel steckten, hatte eine weiße, mit Farbe bekleckste Mütze auf dem Kopf und kratze sich eben diesen gerade, während er die Wand anstarrte. Ich kam würdevoll näher und wollte mich vorstellen. Also umkreiste ich ihn schnüffelnd, setzte mich dann und sah zu ihm hoch. Er sah zu mir herunter, hob eine Augenbraue und meinte dann: „Na, wer bist du denn? Bist du ein Süßer? Ach, bist du lieb."

Ich kenne diese Pappenheimer sehr genau. Mit zuckersüßer Stimme wollen sie mich als Wachhund außer Gefecht setzen. Ich warf ihm einen kalten Blick zu und hechtete elegant auf das Sofa. Es war mit einem Plastikschonbezug ausgelegt und knisterte, als ich mich setzte. Das Plastik fühlte sich nicht sehr angenehm an und mein Fell klebte daran fest, aber ich harrte aus. Dieser Mann war gefährlich. Er hatte etwas zu verbergen.

Den Rest des Vormittages sorgte ich mit Argusaugen dafür, dass er keinen Unfug anstellte. Wie unvorsichtig Menschen aber auch sein können. Lukas war ins Schwimmbad gefahren, der Vater bei der Arbeit und die Mutter steckte nur einmal den Kopf zur Tür herein und fragte, ob der Verbrecher eine Wurstsemmel haben wollte. Mich fragte sie nicht. Dabei weiß sie doch genau, dass ich für eine

60

Wurstsemmel sogar Pfötchen gebe (auch wenn ich das zutiefst verabscheue).

Der Mann in Weiß verneinte und wollte nicht weiter gestört werden. Dann rührte er wieder in seinen Farbtöpfen herum, kleckste dabei viel daneben und vermittelte mir immer mehr das Gefühl, dass etwas nicht in Ordnung war. Er pfiff ein fröhliches Liedchen, wanderte mit seinem Zollstock durch das Zimmer und dann ging er an den Schrank. Ja, an den Wohnzimmerschrank. Vorsichtig schob er die Folie zur Seite und sah verstohlen zur Tür. Niemand kam. Kein Geräusch. Er

arbeitete sich weiter vor, ging in die Knie und öffnete die unterste Schranktür. Tatsächlich! Er kramte darin herum! Das konnte ich überhaupt nicht mit meinem Gewissen vereinbaren. Ich schoss vom Sofa, bellte wie verrückt und sprang an ihm hoch. Meine Ohren flogen auf und ab und mein Bart zitterte vor Aufregung. Dieser Lump war ein Dieb!

Der Gauner sprang auf und wollte mich abschütteln. Aber ich ließ nicht locker und heftete mich an sein Hosenbein. Er konnte gerade noch die Schranktür wieder schließen, da kam auch schon die Mutter herein.

„Was ist denn hier los?"

„Ihre Bestie hat mich angefallen!"

„Julius!"

Ich kenne diesen Ton. Eine Mischung aus Überraschung, Entsetzen und Vorwurf, durchsetzt von „Wie peinlich, der Hund gehört mir gar nicht"-Tönen. Ich ließ sofort los, setzte mich und wedelte mit dem Schwanz. Sie musste doch wissen, dass ich nicht einfach so an Hosenbeine ging. Aber diese Tatsache ignorierte mein Frauchen schlicht und ergreifend, packte mich am Kragen und schleppte mich schimpfend zum Zimmer hinaus. In der Küche setzte sie mich ab. Ich wollte mich trollen, aber sie pfiff mich zurück und schimpfte weiter: „Julius, wie kannst du nur? Dieser nette Mann streicht unser Wohnzimmer. Also lass ihn in Frieden seine Arbeit erledigen und mach draußen im Flur Platz. Ich will dich heute nicht mehr sehen. Das war ganz pfui."

Wie jeder gute Hund will ich natürlich nichts unternehmen, das „pfui" ist, also wackelte ich geknickt in den Flur. Aber mich hielt es dort nicht. Immer wieder musste ich daran denken, was der Gauner in meinem Wohnzimmer anstellte. Also schlich ich zur Terrassentür hinaus in den Garten und pirschte mich so wieder an das Wohnzimmer heran. Ich meine, ich musste doch nachsehen, was da vor sich ging.

Ich drückte meine Hundenase an die Glasscheibe der Tür und sah konzentriert nach drinnen. Es war natürlich klar, dass sich der Gauner wieder am Schrank zu schaffen gemacht hatte. Mittlerweile hatte er die Schmuckkassette meines Frau-

chens gefunden, aufgebrochen und stopfte nun alle Wertsachen in seinen großen Werkzeugkoffer. Dann öffnete er die Schubladen, holte das wertvolle Silber heraus (das Besteck von Uroma!) und warf es ebenfalls in den Werkzeugkoffer. Dabei aß er noch gemütlich eine Wurstsemmel. Also hatte er nun doch eine bekommen. Das war zu viel.

Ich stellte mich auf die Hinterbeine, die Vorderpfoten an die Scheibe der Terrassentür gestemmt, und fing an zu bellen. Ich heulte und jaulte, bellte und knurrte. Mein ganzes Repertoire wurde in Anspruch genommen. Der Mann fuhr zusammen, klappte die Schmuckkassette wieder zu und stellte sie hastig in den Schrank zurück. Die Schubladen wurden wieder geschlossen, auch der Werkzeugkoffer. Dabei verschluckte sich der Gauner an der Semmel und begann zu husten. Ich war außer mir und bellte weiter.

Mein Frauchen schoss um die Ecke.

„So, nun ists aber genug."

Wieder wurde ich am Kragen gepackt und schimpfend ins Haus zurückgetragen. Der Maler kam gerade aus dem Wohnzimmer und wurde bleich, als er mich sah.

65

„Lassen Sie diesen Höllenhund bloß nicht los!" meinte er und versuchte sich an uns vorbeizudrücken.

„Mir ist das sehr peinlich. Sonst ist er nicht so ...", antwortete mein Frauchen etwas unbestimmt, während ich darum kämpfte, wieder festen Boden unter die Füße zu bekommen. Ich zappelte wild herum. Der Maler hatte die Tür erreicht.

„Also, ganz ehrlich. Vor dem habe ich Angst. Ich werde auf keinen Fall weiterarbeiten. Auf Wiedersehen."

„Aber ..."

Der Lump wollte sich aus dem Staub machen! Mit dem Silber von Uroma und dem Schmuck meines Frauchens. Ich knurrte tief und gefährlich, mein Frauchen versuchte noch den Maler mit einer verzweifelten Geste zurückzuhalten. Diesen Moment der Unaufmerksamkeit nutzte ich geschickt aus um mich aus Frauchens Griff zu befreien. Ich plumpste etwas unsanft auf den Boden (schließlich bin ich keine Katze), rappelte mich hoch, rutschte kurz aus und sauste dann mit fliegenden Ohren, bellend und knurrend auf den Gauner zu, schnappte nach seiner Hose und verbiss mich darin.

Der Verbrecher jaulte auf, Frauchen kreischte und ich hing an der Hose. Der Maler drehte sich um die eigene Achse und wollte mich abschütteln, aber ich ließ nicht locker. Auch nicht als Frauchen nach mir angelte. Doch auf einmal machte die Hose

„ratsch" und ich purzelte mit Schwung zu Boden – im Maul ein großes Stück von der Hose. (Man konnte die Unterhosen des Verbrechers sehen.)

„Au!", schrie der Schurke.

„Oh mein Gott!", meinte Frauchen.

Und ich sprang wieder auf ihn zu, bevor einer der beiden eingreifen konnte. Der vermeintliche Maler hob die Hände, dabei ging der Werkzeugkoffer auf und der gesamte Inhalt verteilte sich in einem Wasserfall aus Schmuck und Besteck auf dem Boden. Es klirrte und klimperte und mein Frauchen starrte mit großen Augen zu Boden. Ich aber baute mich vor dem Gauner auf, knurrte und fletschte die Zähne. Der Verbrecher wagte es nicht mehr, sich zu rühren.

Was folgte, war klar und tat meiner Hundeseele sehr gut: Die Polizei kam und verhaftete den Dieb, ich aber bekam einen Riesen-Kalbsknochen und durfte eine Woche lang auf dem Eltern-Bett schlafen. Und man nannte mich fortan in der Nachbarschaft: Kommissar Scharfsinn.

Die Jagd nach dem Fahrraddieb

Das Fahrrad ist weg! Im ersten Schreck lässt Kai seine Schultasche einfach zu Boden fallen und stiert auf den leeren Platz vor dem Haus, wo eigentlich das Fahrrad stehen müsste.

Er ist sich ganz sicher, dass er es gestern Abend einfach nur an die Hauswand gelehnt hat. Das weiß er deshalb so genau, weil er noch gedacht hat, dass sein Vater bestimmt wieder meckern wird, weil der Lenker den Verputz vom Haus schmutzig macht. Aber so ist es einfach sehr bequem.

Und jetzt ist das Fahrrad weg. Kai lässt seine Schultasche liegen und läuft den kleinen Gartenweg entlang zum Eingangstor. Aber weder hinter den Büschen noch am Baum neben der Gartentür liegt das Fahrrad. Das sind seine anderen Lieblingsplätze für das Rad.

„He - was ist los? Nun mach schon - wir müssen zur Schule!", ruft Bulli.

Kais Freund saust mit seinem Fahrrad heran, bremst kurz vor dem Gartenzaun ab und lehnt sich

daran ohne abzusteigen. Er grinst über das ganze Gesicht. Aber das macht Bulli immer. Er ist einfach ein fröhlicher Mensch.

„Mein Fahrrad ist weg", mault Kai.

„Das gibt's doch nicht!", ruft Bulli.

„Hallo – ihr beiden. Fahren wir? Hannah wartet bestimmt schon auf uns!"

Peter, der Dritte im Bunde, kommt herangesaust und möchte gleich weiterfahren. Aber als er Kais verzweifeltes Gesicht sieht, bleibt er stehen.

„Was ist los?"

„Er findet sein Fahrrad nicht", erklärt Bulli.

„Von wegen nicht finden! Das ist geklaut worden!", ruft Kai entrüstet.

„Ja, von wem denn?"

Bulli ist jetzt wirklich erstaunt. Wer sollte denn in ihrem kleinen Dorf ein Fahrrad stehlen? Jeder kennt hier jeden. Und Diebe gibt es nicht bei ihnen. Darum müssen sie ihre Fahrräder nicht einmal abends abschließen.

„Was weiß denn ich?"

„Wir suchen dein Fahrrad, sobald wir aus der Schule kommen! Nun schnapp dir deine Tasche und schwing dich bei mir auf den Sattel! Wir haben keine Zeit mehr - der Zug kommt gleich!", ruft Peter und mahnt zur Eile.

Kurze Zeit später trafen sie Hannah, die ihnen mit dem Fahrrad entgegenkam.

„Was ist denn los? Ich wollte gerade nachsehen kommen, ob etwas passiert ist!", ruft sie schon von weitem.

„Wir erklären alles später – schnell, sonst kommen wir zu spät zum Zug", antwortet Peter.

„Mein Fahrrad ist geklaut worden", sagt Kai, als er sich auf den Sitz fallen lässt. Sie haben es gerade noch geschafft. Kaum sind sie in die Bummelbahn eingestiegen, fährt sie auch schon los.

„Wer sollte denn so etwas tun?", fragt Hannah, während sie zur Schule fahren.

„Das habe ich auch gesagt", bestätigt Bulli befriedigt.

„Ach was – niemand hat dein Fahrrad geklaut. Dein Vater hat es nur versteckt um dir einen

72

Schreck einzujagen. So was macht er doch manchmal, wenn du nicht auf ihn hörst", lacht Peter.

„Nein, Mama hat ihm das verboten."

Kai ist fast beleidigt. Es ist schon schlimm genug, dass sein Fahrrad weg ist, aber dass ihm jetzt auch noch seine Freunde nicht glauben wollen, das kann er überhaupt nicht vertragen.

Den restlichen Vormittag muss er sich ihre Späße anhören. Als sie am Spätnachmittag wieder zu Hause am Bahnhof ankommen, ist Kai niedergeschlagen. Er weiß nicht recht, was er seinen Eltern über das verschwundene Fahrrad sagen soll. Alle Aufmunterungsversuche seiner Freunde helfen nichts.

Traurig steigt er von Peters Fahrradsattel, winkt den anderen nur kurz zu und trottet den Weg zum Haus hinauf.

Und da kommt die Überraschung: Das Fahrrad ist wieder da! Kai bleibt völlig verdutzt stehen. Er kann es im ersten Moment nicht glauben. Er inspiziert das Rad. Es ist ganz klar sein Fahrrad.

Da sein Vater noch nicht von der Arbeit zurück ist, kann er nicht das Fahrrad erst versteckt und dann wieder an seinen Platz gestellt haben. Und seine Mutter spielt ihm generell keine Streiche. Das weiß Kai. Er läuft ins Haus und wählt Peters Nummer.

„Es ist wieder da!", schreit er ins Telefon.

„Na also – du hast es bloß nicht gesehen oder so", meint Peter. Hannah und Bulli sind der gleichen Ansicht. Aber Kai ist sich ganz sicher, dass hier etwas nicht stimmt.

Dass er Recht hat, sieht er am nächsten Morgen. Er schiebt gerade sein Rad zum Gartentor hinaus, als er Bulli herantrotten sieht. Zu Fuß, ohne Rad.

„Was soll denn das?", fragt Kai erstaunt. Dann geht ihm ein Licht auf. Heute Morgen ist Bullis Fahrrad verschwunden! So ist es auch. Bulli muss bei ihm auf dem Gepäckträger mitfahren.

In der Schule sprechen die vier Freunde über nichts anderes mehr. Hannah und Peter wollen immer noch nicht so recht an einen geheimnisvollen Fahrraddieb glauben.

„Wozu stellt er dann die Fahrräder nachmittags wieder zurück? Das machen Diebe nicht.", meint Hannah und Peter schließt sich ihr an.

Am nächsten Morgen ändern die beiden allerdings ihre Meinung. Hannahs Fahrrad ist weg! Nun ist guter Rat teuer, denn jetzt glauben sie alle an einen Dieb.

Im Zug beratschlagen sie, was sie nun unternehmen wollen. Kai hat einen Plan.

„Der Dieb kommt immer nachmittags mit unseren Fahrrädern zurück. Er kennt anscheinend unseren Stundenplan. Aber morgen haben wir nachmittags frei, weil die Turnstunde ausfällt. Wir werden also sehr viel früher zu Hause sein."

„Stimmt. Jeder von uns hält Wache an einem bestimmten Punkt. Morgen ist wahrscheinlich mein Fahrrad weg. Also müssen wir den Weg zu unserem Haus abriegeln", fügt Peter hinzu.

„Wir haben doch noch unsere Walkie Talkies vom letzten Sommer – die könnten wir verwenden, damit wir uns untereinander verständigen können!", ruft Hannah begeistert.

Tatsächlich ist am nächsten Morgen Peters Fahrrad verschwunden. Jetzt wollen sie ihren Plan durchführen. Sie fahren sehr viel früher als sonst von der Schule nach Hause. Die Walkie Talkies haben sie bereits am Morgen eingepackt. Vom Bahnhof aus gehen sie auf Umwegen zurück in ihre Straße. Der Dieb soll keinesfalls bemerken, dass sie schon früher daheim sind.

Hannah ist der Vorposten – sie steht an der Abzweigung zu Peters Straße im Garten von Frau Lotgerecht. Frau Lotgerecht ist berufstätig und kommt immer erst sehr spät nach Hause. Darum kann Hannah auch einfach in ihrem Garten stehen. Von hier aus hat sie einen wunderbaren Blick auf die Abzweigung von der Hauptstraße in die kleine Straße. Der Dieb muss an ihr vorbeikommen - es gibt keine andere Möglichkeit um zu Peters Haus zu kommen.

Bulli ist der Nächste in der Reihe. Er kontrolliert von seinem Garten aus die komplette Straße. Kai hat sich im Maisfeld neben Peters Haus versteckt. So kann er Peter Bescheid sagen, falls der Dieb doch nicht die Straße nimmt, sondern über die Felder kommt. Peter selbst steht hinter dem Haus und wartet auf Nachricht von den anderen. Sobald der Dieb am Haus ist, will er hervorspringen.

Sie warten zwei lange Stunden und Bulli wird es langsam langweilig. Da knackt es plötzlich im Walkie Talkie und gleich darauf hört er Hannahs aufgeregte Stimme.

„Hannah ruft Bulli!"

„Bulli hier. Was gibt's?"

„Er kommt! Der Dieb ist gerade an mir vorbeigefahren!"

Tatsächlich. Im nächsten Augenblick sieht Bulli jemanden die Straße hochradeln. Aber dieser Jemand sieht sehr klein aus und das Fahrrad ist ein bisschen zu groß für ihn.

„Bulli ruft Kai."

„Kai hier."

„Der Dieb kommt. ... Aber er sieht sehr klein aus ...", flüstert Bulli, während der Dieb genau an ihm vorbeiradelt.

Kai ist etwas verdutzt, gibt aber trotzdem sofort die Meldung an Peter weiter. Dieb bleibt Dieb. Und da sieht auch Kai den Dieb herankommen.

„Kai ruft Peter. Achtung – er kommt. Bleib in Wartestellung."

„Alles klar."

Der Fahrraddieb biegt von der Straße auf die Auffahrt. Dort steigt er mühsam ab und schiebt das Rad zur Garage. Peter wartet hinter dem Haus. Kai muss zugeben, dass der Dieb wirklich sehr schmal und zierlich aussieht.

„Achtung – er kommt. Zwei, drei – jetzt!", brüllt Kai in das Walkie Talkie, steckt es in den Gürtel und saust los um Peter zu Hilfe zu kommen.

Peter hingegen wirft das Gerät auf den Rasen und rennt um die Ecke. Er sieht den Dieb, der gerade das Fahrrad an die Garage lehnt und stürzt sich auf ihn.

Der Dieb ist so überrascht, dass er sich nicht zur Wehr setzt. In diesem Augenblick biegt auch Kai um die Ecke und läuft zu den beiden.

Peter läßt den Dieb los und stiert ihn an.

„Was soll denn das – Fahrräder klauen!", schreit er los. Dann hält er inne. Vor ihm steht ein kleines Mädchen. Es ist völlig eingeschüchtert und

Tränen kullern über ihre Wangen.

Bulli und Hannah sausen mit ihren Fahrrädern heran. Das kleine Mädchen ist so erschrocken, dass es nur noch schluchzen kann. Die vier sind ratlos.

Hannah geht als Erste auf sie zu und beugt sich zu ihr.

„Hallo – ich bin Hannah – und du?"

„Connie", bringt das kleine Mädchen unter Tränen hervor.

„Ich glaube, es ist besser, wir trinken erst mal eine Limo, oder?"

Nachdem sie Connie ins Haus gebracht und mit Limo und Keksen versorgt haben, ist sie auch nicht mehr so schüchtern und hört auf zu weinen.

„Wir sind erst vor zwei Wochen hierhergezogen. Ich kenne mich hier überhaupt nicht aus. Aber ich habe euch manchmal gesehen, auf dem Weg zur Schule und weil ich kein Fahrrad habe, dachte ich, es macht nichts aus, wenn ich mir eines leihe."

„Leihen? Da muss man doch vorher fragen!", ruft Kai.

„Das habe ich mich nicht getraut", flüstert Connie.

„Und wozu hast du die Fahrräder gebraucht?", fragt Hannah.

„Um zur Schule zu fahren."

„Aber da kannst du doch mit dem Zug fahren!", meint Bulli entrüstet, der jegliche Anstrengung verabscheut.

„Das ist zu teuer. Wir haben nicht so viel Geld. Und da ihr zu viert seid, dachte ich, es macht nichts aus, wenn abwechselnd einer von euch kein Fahrrad hat", erklärt Connie.

„Na, wir finden bestimmt eine Lösung, oder?", fragt Peter in die Runde.

Die Lösung ist bald gefunden. Jeder knapst etwas von seinem Taschengeld ab und mit dem Geld wird eine Fahrkarte für Connie gelöst. Und so fahren sie in Zukunft zu fünft zur Schule.

Das Geheimnis der verschwundenen Orangen

Kleine Brüder sind eine große Plage. Das weiß Sophie nur allzu gut. Jeden Morgen, wenn ihre beste Freundin Sandra vor der Haustür steht und klingelt, wirft sich Olaf vor die Tür und lässt sie nicht hinausgehen.

Er möchte auch in die Schule. Und er will, dass Sophie ihn mitnimmt. Aber dafür ist er noch zu klein. Er muss in den Kindergarten.

„Jeden Tag das gleiche Theater – jetzt mach schon, dass du von der Tür wegkommst!", sagt Sophie völlig entnervt.

„Ich will aber mit!", schreit Olaf.

„Wieso eigentlich? So schön ist die Schule auch wieder nicht!" meint Sophie.

„Doch. Da gibt es Tiere!", behauptet ihr kleiner Bruder.

„Tiere?" Nun ist Sophie wirklich erstaunt und vergisst dabei beinahe, dass Sandra auf sie wartet.

„Ja. Du bringst immer Bilder von ihnen mit nach Hause."

„Ach das meinst du! Das sind doch nur Zeichnungen von Tieren – du Dummian. ... Mama, bitte hilf mir!"

Die Mutter kommt und lächelt Sophie entschuldigend an, während sie Olaf hochhebt, damit Sophie zur Tür hinaus kann.

Auf dem Weg zur Schule kommen Sophie und Sandra immer an Frau Hasenpfeffers Laden vorbei. Es ist ein kleiner Obst- und Gemüsehandel direkt an der Ecke in ihrer Straße.

Wie jeden Morgen steht Frau Hasenpfeffer draußen und sortiert frisches Obst in die Holzkistchen vor dem Ladenfenster. Sie türmt samtige Pfirsiche und knackige Orangen zu kunstvollen Pyramiden auf und drapiert leuchtend gelbe Bananen neben frische Ananas. Da sieht sie Sophie und Sandra.

„Na, ihr zwei? Auf dem Weg zur Schule? Da wird sich doch noch was für euch finden lassen, oder?"

Und schon greift Frau Hasenpfeffer nach zwei besonders großen Äpfeln, poliert sie mit ihrer gestreiften Schürze auf Hochglanz und reicht sie strahlend zu Sophie und Sandra. Die nehmen dankbar das Geschenk entgegen. Frau Hasenpfeffer schenkt ihnen jeden Morgen etwas. Aber immer ein anderes Stück Obst. „Abwechslung ist das halbe Leben", sagt sie dann und strahlt über das ganze runde, freundliche Gesicht.

„Sie ist wirklich nett, nicht wahr?", sagt Sophie, während sie weiter zur Schule gehen.

„Hmm." Mehr kann Sandra momentan nicht sagen, denn sie kaut bereits auf einem Stück Apfel herum. Sandra kann nie warten bis zur Pause, sondern isst das Obst von Frau Hasenpfeffer immer gleich auf. Als sie runtergeschluckt hat, hakt sie sich bei Sophie unter.

„Stell dir vor – es ist ein Zirkus in der Stadt! Wollen wir hingehen? Übermorgen ist die erste Vorstellung!"

Natürlich will Sophie in den Zirkus! Den Rest des Tages hat sie nichts anderes mehr im Kopf. Als ihre Mutter die Zustimmung gibt, ist der bevorstehende Zirkusbesuch natürlich auch am nächsten Morgen das Gesprächsthema Nummer eins auf dem Weg zur Schule. Olaf wirft sich diesmal nicht vor die Tür, sondern bleibt ganz ruhig in seinem Zimmer. Froh darüber huscht Sophie schnell zur Tür hinaus, als Sandra klingelt.

Frau Hasenpfeffer ist wie jeden Morgen mit ihren Holzkistchen beschäftigt. Aber heute sortiert sie nichts ein, sondern steht grübelnd vor dem Laden und denkt angestrengt nach.

Sophie und Sandra kommen neugierig näher. Ist etwas passiert?

„Also ich bin mir ganz sicher, dass hier ein paar Orangen fehlen. Der Laden ist doch erst seit zwei Stunden geöffnet und ich war nur kurz im Lager um neues Obst zu holen. Merkwürdig."

Sie greift geistesabwesend zu den Bananen und reicht sie Sophie und Sandra. Die nehmen sie entgegen, bedanken sich und warten darauf, dass Frau Hasenpfeffer noch etwas sagt, aber die hängt bereits wieder ihren Gedanken nach.

„Kann das sein?", fragt Sophie, als sie weitergehen. „Ich meine, dass Frau Hasenpfeffer bemerkt, dass Orangen fehlen - es sind doch so viele in den Kistchen", fügt sie hinzu.

„Stimmt. Aber sie sortiert doch immer so sorgfältig, da wird sie schon wissen, ob etwas fehlt oder nicht. Wer wohl der Dieb ist?", sagt Sandra, während sie in die Banane beißt.

Der Dieb und der bevorstehende Zirkusbesuch am nächsten Morgen sind die Hauptgesprächsthemen an diesem Tag. Eigentlich würden Sophie und Sandra gerne Frau Hasenpfeffer helfen, aber wie sollen sie das anstellen?

Sophie grübelt den ganzen Tag über, wie sie den Dieb fangen könnten, auch am Nachmittag, als sie den Mülleimer runterbringt, ist sie noch mit diesem Gedanken beschäftigt. Als sie die große Tonne öffnet, sieht sie erstaunt hinein. Oben in der Tonne liegt eine Unmenge von Orangenschalen! Es sind kleine, winzige Stückchen. Derjenige, der die Orangen geschält hat, wusste wohl nicht recht, wie man das macht.

Aber viele Leute essen gerne Orangen. Das muss nicht unbedingt heißen, dass der Dieb bei uns im Haus wohnt, denkt Sophie und geht wieder nach oben. Eigentlich wäre sie froh, wenn der griesgrämige Herr Garstig aus dem ersten Stock der Orangendieb wäre. Dann müsste er ausziehen und sie hätte endlich ihre Ruhe vor ihm. Immer, wenn sie und Sandra die Treppen zu ihrer Wohnung hochlaufen, steckt er den Kopf zur Tür heraus und schreit sie an, sie sollen leiser sein.

Am nächsten Morgen ist sich Frau Hasenpfeffer völlig sicher. Ein Dieb geht um! Sie hat am Abend vorher die Orangen fein säuberlich abgezählt und jetzt fehlen immerhin sieben Stück!

„Die Polizei kann ich nicht rufen. Die kommen

wegen so was nicht. Aber ärgerlich ist es schon", meint sie und drückt Sophie und Sandra zwei Pfirsiche in die Hand.

„Wenn jemand kein Geld hat, dann soll er es sagen. Ich bin doch kein Unmensch", murmelt sie noch und geht in den Laden.

Sophie und Sandra wollen Frau Hasenpfeffer unbedingt helfen, aber dafür brauchen sie einen Plan. Der muss aber bis morgen warten, denn heute Nachmittag geht es in den Zirkus.

Sophie ist ganz aufgeregt, während sie auf Sandra wartet. Sie freut sich mächtig auf die Vorstellung. Nur dass ihre Mutter und Olaf schon beim Zirkuszelt auf sie warten, schmälert ihre Vorfreude ein wenig. Sie wollte mit Sandra alleine hingehen. Aber ihre Mutter bestand darauf, sie zu begleiten und außerdem schrie Olaf so lange, bis er auch mitdurfte. So viel dazu.

„Endlich!", ruft er, als Sophie und Sandra beim Zirkuszelt ankommen.

Olaf zieht an der Hand seiner Mutter und drängelt Richtung Streichelzoo.

„Was hast du eigentlich in deinem Rucksack? Der sieht ja ganz ausgebeult aus", fragt Sophie, während sie die Eintrittskarten lösen.

„Futter für die Tiere", gibt Olaf strahlend zurück.

Die Ziegen interessieren Olaf nicht und auch an den Lamas läuft er einfach nur vorbei. Er will zu den Elefanten. Das sind seine Lieblingstiere und die möchte er auch füttern.

Der große, mächtige Elefantenbulle trottet langsam näher, als die vier bei seinem Gehege ankommen. Der Tiertrainer geht lächelnd neben ihm her.

„Möchtet ihr ihn streicheln?", fragt er freundlich.

„Nein. Zuerst füttern", meint Olaf bestimmt und stellt mühsam seinen Rucksack ab. Er öffnet ihn, aber weil der Rucksack so prall gefüllt ist, fällt er zur Seite und das ganze Futter rollt heraus. Es sind Orangen. Viele geschälte Orangen!

„Woher hast du denn die?", fragt die Mutter erstaunt und hilft Olaf beim Aufsammeln.

„Ja, woher hast du die?", will auch Sophie wissen.

„Die sind doch von Frau Hasenpfeffer, oder?", platzt es aus Sandra heraus.

„Ja. Von Frau Hasenpfeffer", antwortet Olaf stolz.

„Du hast sie geklaut!", ruft Sophie.

Die Mutter hält inne und sieht erstaunt zu Sophie, dann zu Olaf und wieder zu Sophie. Sie richtet sich auf und bekommt einen sehr forschenden Blick.

„Frau Hasenpfeffer wurden Orangen geklaut. Zweimal! Am Morgen", erklärt Sophie.

„Ich habe nicht geklaut!", ruft Olaf. „Ich habe sie mir geschenkt. Sie schenkt euch doch auch immer etwas. Ihr müsst nie bezahlen. Also habe ich mir die Orangen für die Tiere geschenkt."

„Oh mein Gott", murmelt die Mutter und zieht Olaf zur Seite.

„Hör mal, mein Schatz. Frau Hasenpfeffer gehören die Orangen, die Pfirsiche, die Äpfel, der Lauch – einfach alles, was in ihrem Laden ist. Wenn Frau Hasenpfeffer meint, sie möchte Sophie und Sandra etwas schenken, dann ist das ihre Sache. Es ist ja ihr Obst und Gemüse. Wenn du aber einfach hingehst und etwas wegnimmst ohne Frau Hasenpfeffer vorher zu fragen, dann nennt man das Diebstahl! So etwas macht man nicht", erklärt sie Olaf.

Der verzieht das Gesicht und möchte weinen. Aber die Mutter nimmt ihn lächelnd in die Arme.

„Du fütterst jetzt den Elefanten und dann gehen wir beide zu Frau Hasenpfeffer und erklären ihr alles, ja?"

93

Olaf nickt beruhigt und hält dem Elefanten die erste Orange hin. Der Elefant greift mit seinem Rüssel danach, nimmt sie behutsam auf und steckt sie genüsslich in den Mund.

Sophie und Sandra kommen mit zu Frau Hasenpfeffer. Vielleicht ist sie dann nicht ganz so böse auf Olaf. Aber Frau Hasenpfeffer lacht nur hell auf, als sie die Geschichte hört.

„Da bin ich ja ganz beruhigt. Ich dachte schon, wir haben einen richtigen Strolch in der Gegend!", ruft sie fröhlich. „Aber das nächste Mal sagst du mir Bescheid, ja?", fügt sie noch hinzu und sieht dabei zu Olaf.

Der nickt erleichtert. Insgeheim hatte er schon Angst, dass er nun ins Gefängnis muss, wie ihm Sophie und Sandra auf dem Weg zu Frau Hasenpfeffer versichert haben. Aber das war nur als Rache gedacht, weil kleine Brüder immer eine Plage sind. Auch wenn man sie unglaublich lieb hat.

94

Der Gemäldedieb

„Nein, ich will aber nicht stillhalten!", schrie Anna und schleuderte einen kostbaren goldenen Becher gegen die Wand. Der Becher prallte an der Steinmauer ab, fiel scheppernd zu Boden und drehte sich noch ein paarmal um die eigene Achse.

Edward unterdrückte ein Kichern und versuchte ernst zu bleiben. Das Theater ging nun schon den ganzen Vormittag so. Die Prinzessin wollte sich nicht malen lassen und brachte den Künstler beinahe zur Verzweiflung. Der geölte Schnurrbart des Maestros zuckte hektisch und der Malermeister flehte die Prinzessin mittlerweile auf Knien an: „Bitte, bitte so lasst mich doch endlich arbeiten!"

Prinzessin Anna rümpfte die kleine freche Stupsnase und verschränkte die Arme.

„Nein", war ihre knappe Antwort.

Der Maler seufzte und verdrehte die Augen gen Himmel. So konnte das nicht weitergehen. Edward holte den goldenen Becher und stellte ihn mit einer Verbeugung auf das Tischchen neben Anna. Er

war ihr als Diener zugeteilt worden und besonders stolz darauf. Schließlich war er erst neun Jahre alt, aber er hatte auch noch viel zu lernen. Und
je früher er damit begann, desto besser. Er stellte
sich wieder an die Wand, mit dem Rücken zu dem
prächtigen Wandteppich, und beobachtete mit
Vergnügen, welchen Unfug die Prinzessin nun
wieder anstellte: Sie schnitt die unmöglichsten
Grimassen, zeigte dem Maler die Zunge, fletschte

die Zähne, machte „bäh" und „buh" und brachte den Künstler schließlich zum Weinen. Schluchzend setzte er sich auf eine Bank unter dem Fenster und heulte vor sich hin.

Anna sah etwas sorgenvoll zu ihm, dann winkte sie Edward, der zu ihr kam, sich zu ihr hinunterbeugte und lauschte.

„Sag, Edward, habe ich den Maler beleidigt?", fragte Anna flüsternd und schielte dabei zu ihm.

„Nein. Glaube ich nicht."

„Warum weint er dann?"

„Ich glaube, er bekommt mächtig Ärger, wenn Euer Vater, der König, erfährt, dass er das Bild immer noch nicht gemalt hat", antwortete Edward.

„Ah so."

Anna legte einen Finger auf den Mund und dachte angestrengt nach. Edward wusste genau, warum sie sich nicht malen lassen wollte. Anna war erst 7 Jahre alt, sollte aber schon verheiratet werden und damit der fremde König, den sie heiraten sollte, auch wusste, wie sie aussah, musste ein Bild von ihr gemalt werden. Aber Anna wollte nicht heiraten. Sie fand das „dämlich" und daher tat sie alles um zu verhindern, dass das Bild gemalt wurde.

Anna dachte weiter angestrengt nach. Sie kniff die Augen zusammen und lehnte sich in dem pompösen Sofa zurück. Schließlich schlug sie die Augen wieder auf, zappelte mit den kurzen Beinchen, die in weißen Strümpfen steckten, und richtete ihr Rüschenkleid.

„Er soll wieder herkommen. Er darf mich malen."

Edward nickte, ging zu dem Maler und sagte: „Meister, die Prinzessin lässt sich nun malen."

Der Maler sah etwas misstrauisch hoch und Edward fügte hinzu: „Doch, doch – ganz ehrlich. Sie hat es gesagt."

Der Maler machte sich wieder ans Werk. Und Anna hielt tatsächlich still und schnitt auch keine Grimassen mehr. Ernst und so würdevoll wie möglich saß sie da und ließ sich malen. Es war wirklich eine langweilige Angelegenheit, fand Edward. Stunde um Stunde verrann. Der Maler ging manchmal vor und dann wieder zurück, nahm Maß, kniff dabei ein Auge zusammen und malte dann weiter.

98

Edward gähnte verstohlen. Hoffentlich dauerte das nicht mehr lange.

Seine Hoffnung wurde jedoch enttäuscht und die nächsten drei Wochen verbrachte er damit, Tag für Tag still an der Wand vor dem Teppich zu stehen und darauf zu warten, dass Anna Durst hatte und er ihr einen Becher Wasser bringen durfte. Sonst geschah gar nichts.

Dann aber war das Bild endlich fertig. Der Maler verhüllte es mit einem grünen Samttuch und keiner durfte das Gemälde sehen. Es musste noch trocknen und dann wollte er es dem König bringen. Anna sprang vom Sofa, streckte sich und wandte sich dann an ihre Diener: „Und nun will ich schlafen – und nicht dabei gestört werden. Ich will allein sein. Ganz allein. Husch, husch – raus mit euch!"

Edward war sich nicht ganz sicher, ob er diesen Befehl wirklich befolgen sollte. Die Prinzessin durfte nie alleine sein – Befehl des Königs. Sie sollte Tag und Nacht von Dienern umgeben sein und beschützt werden. Aber wenn Anna es wünschte, musste er ihr Folge leisten. Unsicher schlich er aus dem Zimmer und setzte sich auf eine Bank im herrschaftlichen Flur.

Eigentlich wollte er Wache halten, dann aber schlief er doch ein. Geweckt wurde er am Morgen durch den Schrei des Malers: „Diebe! Diebe! Zu Hilfe! Das Gemälde ist weg!"

Sämtliche Diener und Wachen liefen zusammen. Hektik entstand und mittendrin jammerte der

Maler. Edward mischte sich unter die Diener und sah sich aufmerksam um. Das Gemälde war tatsächlich verschwunden. Es war nicht einfach zur Seite gestellt worden, sondern tatsächlich weg. Die Staffelei stand noch am selben Platz wie gestern Abend, als er den Raum verlassen hatte – nur eben ohne Bild. Die Prinzessin stand ungerührt in der Menge. Ihr war es natürlich gerade recht, wenn das Gemälde gestohlen worden war.

In diesem Augenblick deutete der Maler auf Edward.

„Er hat die ganze Nacht vor dem Zimmer verbracht. Wenn einer Zugang hatte, dann er – er muss der Dieb sein!"

Edward schrak zusammen.

Alle Blicke waren auf ihn gerichtet. Er sollte ein Dieb sein? Niemals! Er sah Hilfe suchend zu Anna, die nervös an ihrem Kleid herumnestelte.

„Ich bin kein Dieb!", verteidigte sich Edward. „Und das kann ich auch beweisen!"

„So? Wie denn?", hakte ein Wachmann nach.

„Nun, nun ..." Edward überlegte fieberhaft, dann fiel ihm etwas ein: „Das Gemälde war noch nicht trocken – der Dieb muss auf alle Fälle Spuren von Ölfarbe an den Fingern haben."

„Der Junge hat Recht", murmelte der Maler und warf einen misstrauischen Blick in die Runde. Edward reckte seine Hände vor und zeigte allen, dass er keinerlei Ölfarbe an den Fingern hatte. Der Wachmann nickte und ging nun reihum zu allen Menschen, die sich im Zimmer aufhielten, um deren Hände zu begutachten. Keiner von ihnen hatte Ölfarbe an den Fingern.

„Nun, dann muss der Dieb bereits geflohen sein", schlussfolgerte er und gab seinen Männern den Befehl im ganzen Schloss nach dem Dieb zu suchen. Die Männer strömten aus dem Zimmer, die Diener und der Maler folgten ihnen.

Zurück blieben Edward und Anna. Anna setzte sich auf das Sofa und sinnierte vor sich hin. Edward hingegen ging durch das Zimmer, betrachtete die Vorhänge, die Stühle, die Tische und schließlich die Tür, die zu Annas Schlafgemach führte. Dann drehte er sich lächelnd um.

„Prinzessin – noch ist es Zeit, das Gemälde ganz schnell an seinen Platz zurückzubringen. Oder wir verstecken es im Flur und tun so, als ob wir es dort gefunden hätten ..."

Anna machte kugelrunde Augen.

„Ich habe keine Ahnung, was du meinst."

„Entschuldigung Prinzessin, aber ich glaube schon ..."

Edward lächelte immer noch und sah unverwandt zu Anna. Sie hatten sich immer gut verstanden und Anna betrachtete ihn mehr als großen Bruder denn als Diener. Schließlich gab sie nach, sprang vom Sofa und ging zu Edward.

„Wie hast du herausgefunden, dass ich das Bild weggenommen habe?"

„Prinzessin, das war wirklich nicht schwer – Ihr seid die Einzige, die das Bild nicht mochte. Außerdem habt Ihr vorhin Eure Hände hinter dem

Rücken versteckt, als der Wachmann alle Hände kontrolliert hat. An Euch hat er natürlich nicht gedacht und er hätte es auch nicht gewagt, Euch zu fragen. Ja und außerdem..." Edward drehte sich um und zeigte auf die Türklinke der Tür zu Annas Schlafzimmer: „Außerdem sind hier Spuren von Ölfarbe. Die Einzige, die gestern in dieses Zimmer gegangen ist, seid Ihr gewesen."

„Edward, du bist ja ein richtiger Spürhund!"

Anna sah fasziniert zu Edward. Dann meinte sie seufzend: „Na gut, dann hole ich eben das Bild."

Anna holte das Gemälde und gemeinsam versteckten sie es im Flur, damit es die Wachmänner dort finden konnten. Während Edward Anna dabei half, die Ölfarbe von den Fingern zu putzen, seufzte Anna. Edward wusste genau, warum.

„Prinzessin, bis Ihr heiraten müsst, dauert es noch sehr, sehr lange."

„Sicher?"

„Ganz sicher."

Anna strahlte ihn an und Edward lächelte zurück.

105

Miss Agatha Mouse und der gestohlene Käse

Soso. Da war also ein neuer Untermieter in das Dachgeschoss eingezogen. Das hatte Miss Agatha gerade eben von Mister Finger, ihrem Mäuserich-Freund, erfahren, bevor er zum Einkauf in die Küche losgegangen war. Sehr interessant. Und der neue Mitbewohner war etwas seltsam. Das hatte Mister Finger auch gesagt. Miss Agatha Mouse dachte über die Neuigkeiten nach, während sie weiter an dem Pullover für ihren Neffen strickte.

Miss Agatha Mouse war keine einfache englische Hausmaus. Nein, sie nannte sich selbst eine „Detektivmaus", weil sie so gerne Kriminalfälle löste. Ganz so wie die alte Menschendame, bei der sie hier in St. Mary Mead wohnte. Eine gewisse Miss Marple.

Und Miss Mouse war eine ältere bis alte Mäusedame mit Manieren der guten, alten Schule. Wenn ein neuer Hausbewohner einzog, dann musste man diesen begrüßen. Genau das wollte sie nun tun.

Miss Agatha Mouse strickte noch eine Reihe zu Ende, dann packte sie ihre Stricknadeln in die kleine schwarze Handtasche, drückte das Wollknäuel dazu, klappte ihre Tasche zu, rückte das Spitzenhäubchen zurecht und zog ihre weißen Spitzenhandschuhe über. Vor dem Spiegel überprüfte sie, ob ihr Tweedkostüm auch gerade saß, dann huschte sie zu ihrem Mauseloch hinaus. Miss Marple, die Hauseigentümerin, war heute nicht zu Hause. Da konnte sie auch die Vordertreppe nehmen. Das war vornehmer als in den Holzverschalungen der Wände nach oben zu krabbeln. Und sie wollte doch einen guten Eindruck auf den neuen Mieter machen.

107

Sie sprang die vielen Stufen von ihrer Wohnung im Erdgeschoss bis zum Dachstuhl hoch und trippelte elegant durch ein kleines Loch in der Dachkammertür. Im Dachgeschoss blieb sie kurz stehen, verschnaufte und sah sich dabei um. Ja, die gute Miss Marple hielt auch hier alles in Ordnung.

Gleich hinten links vor dem Reise-Schrankkoffer mit den bunten Aufklebern aus aller Welt war der Eingang zu Mister Fingers Wohnung und direkt daneben musste der neue Mieter eingezogen sein. Miss Mouse trippelte weiter, schnupperte kurz, dass die Barthaare vibrierten und sah dann das Eingangsschild über der bislang unbewohnten Mausewohung. „Mister Mortimer" stand da zu lesen. Aha. Hier wohnte er also, der neue Untermieter.

Miss Agatha klemmte ihre Handtasche unter den Arm und zog an der Glocke. Es bimmelte hell und klangvoll und gleich darauf wurde die Tür aufgerissen.

„Ja? Wer ist da?"

„Ich bin Agatha Mouse, die ..."

Weiter kam Miss Agatha mit ihrer Begrüßung nicht, denn Mister Mortimer fuhr dazwischen. „Ich kaufe nichts", brummte er und wollte bereits die Tür wieder zuwerfen, da hatte sich Miss Agatha von ihrem Schreck erholt und erwiderte spitz: „Ich wollte mich nur vorstellen. Mein Name ist Miss Agatha Mouse und ich wohne im Erdgeschoss."

„So?"

Mister Mortimers Stimme klang nun gar nicht mehr unfreundlich. Er trat einen Schritt zurück und bedeutete Miss Agatha einzutreten. Miss Agatha nahm das Angebot an und trippelte vornehm in die Wohnung.

Es herrschte das reinste Chaos. Orangenschalen, Olivenkerne, kleine Kisten und anderer Mäusekram lagen in wildem Durcheinander in der Wohnung und Miss Agatha hatte Mühe einen Sessel zu finden, in dem sie Platz nehmen konnte.

„Sie sind also gestern hier eingezogen?", fragte sie höflich, als sie endlich saß. Dabei wischte sie Kuchenkrumen von ihrem Tweedrock.

„Ja. Ich suche Ruhe und Beschaulichkeit. Ich bin Astronom und möchte die Sterne beobachten. Deshalb habe ich diesen Dachstuhl gewählt."

Miss Agatha nickte bedächtig. Dann holte sie ihr Strickzeug aus ihrer kleinen schwarzen Handtasche und begann zu stricken, während sie Mister Mortimers Erzählungen über die Sterne, über sein Leben in London und seine Vorliebe für alte Bücher lauschte. Ganz nebenbei begutachtete sie auch

noch die Wohnung und bemerkte, dass Mister Mortimer ein Fernglas an der Dachluke aufgestellt hatte. Und auf dem Nachtkästchen neben dem Bett lag ein dickes Buch über Käsesorten, das Mister Mortimer eben erst zu lesen begonnen haben musste, denn das Lesezeichen war ganz vorne eingelegt.

So verging der Nachmittag mit Plaudereien und Höflichkeiten. Miss Agatha war charmant wie immer und nach zwei Stunden verabschiedete sie sich von Mister Mortimer, trippelte wieder nach unten und genehmigte sich eine gute Tasse Tee. Was sie von Mister Mortimer halten sollte, war ihr noch nicht so ganz klar, aber irgendwie mochte sie ihn nicht und außerdem erinnerte er sie an Marla Mouse. Eine Spitzmaus, die vor langer Zeit in St. Mary Mead gewohnt hatte. Allerdings wusste sie einfach nicht, wieso er sie an Marla erinnerte.

Schließlich aber verwarf Miss Agatha diesen Gedanken und ging zu Bett.

Aber auch am nächsten Morgen hatte sie immer noch dieses merkwürdige Gefühl, dass mit Mister

Mortimer etwas nicht stimmte und dass er ihr eine faustdicke Lüge aufgetischt hatte. Woran dies lag, konnte sie immer noch nicht sagen. Als dann am Vormittag – sie aß gerade ein spätes Frühstück mit Muffins und Butter – ihr Freund Mister Finger hereinstürzte, aufgeregt mit den Armen fuchtelte und dabei immer wieder stammelte: „Der Käse ... Der Käse .. Der Käse ...", war ihr klar, dass sie ihr Gefühl nicht getrogen hatte. Etwas Schlimmes war geschehen!

Sie begleitete den armen Mister Finger zu einem gemütlichen Ohrensessel, drückte ihn in das Sitzkissen, reichte ihm einen Muffin und setzte sich dann ihm gegenüber.

„Nun mal ganz langsam, Mister Finger. Was ist mit dem Käse? Mit welchem Käse überhaupt?"

Mister Finger holte tief Luft.

„Der Käse wurde gestohlen! Der Käse von Miss

112

Marple. Der, der unter der Käseglocke deponiert ist und von dem sie uns immer ein großes Stück abgibt. Der ist gestohlen worden. Miss Marple hat noch nichts bemerkt – sie ist ausgegangen. Aber wenn sie es sieht, gibt sie uns nie wieder Käse, weil sie denken wird, dass wir ihn gestohlen haben."

Miss Agatha schüttelte den Kopf.

„Wer macht denn so was?", fragte sie pikiert.

„Das weiß ich auch nicht", antwortete Mister Finger und biss kräftig in den Muffin.

„Wissen Sie, Mister Finger – ich glaube, das war Mister Mortimer", murmelte Miss Agatha.

Mister Finger machte große Augen und vergaß beinahe zu schlucken.

„Warum denn? Gut, er ist merkwürdig und hantiert immer mit seinem Fernrohr herum, aber dass er deshalb ein Dieb ist ...?"

Miss Agatha kniff die Augen leicht zusammen und legte einen Finger auf ihre Nase.

„Er hat mich gestern schon an Marla Mouse erinnert und jetzt weiß ich auch wieso."

„Ja, wieso denn?"

Mister Finger kam aus dem Staunen nicht mehr heraus.

„Marla Maus hat immerzu gelogen, aber nie gestohlen, Miss Agatha."

„Und Mister Mortimer lügt auch. Dieser Spitzbube. Er behauptet doch, er wäre Astronom. Aber gestern hat er mir erzählt, er würde Beobachtungen über das Sternbild des ‚Großen Ebers' durchführen ..."

„Das gibt es doch nicht", warf Mister Finger ein.

„Eben. Das fiel mir auch gerade ein. Mister Mortimer lügt. Irgendetwas stimmt mit ihm nicht und ich bin mir sicher, dass er den Käse gestohlen hat und das werde ich jetzt herausfinden."

„Aber vielleicht ist er gefährlich? Ich sollte Sie begleiten."

Mister Finger wollte sich umständlich aus dem Sessel erheben, aber Miss Agatha tätschelte seine Schultern.

„Bleiben Sie nur – ich bin gleich zurück. Und nehmen Sie sich noch einen Muffin."

Sie schnappte ihre Handtasche, rückte ihre Haube zurecht und zog die Spitzenhandschuhe über, dann war sie auch schon zum Mauseloch hinaus. So flink es ihr Alter erlaubte, huschte sie die vielen Stufen zum Dachgeschoss hoch und kam etwas außer Atem oben an. Sie zog an der Glocke und wie gestern erschien Mister Mortimer mit misstrauischem  Gesicht in der Tür. Er schien nicht sehr erfreut über Miss Agathas Besuch, aber sie ignorierte diese Tatsache und schob sich einfach in die Wohnung von Mister Mortimer.

„Sagen Sie, Mister Mortimer – ich habe gerade gehört, dass in der Küche Käse gestohlen wurde. Sie wissen nicht zufällig etwas darüber?"

„Nein. Das ist ja schlimm!"

„Ja, finde ich auch. Ich wollte nur fragen, ob Sie etwas Verdächtiges gesehen haben mit Ihrem Fernrohr."

„Nein, habe ich nicht. Außerdem richte ich das Fernrohr auf die Sterne – wie soll ich da einen Dieb sehen?"

Miss Agatha sah zu dem Fernrohr und lächelte still in sich hinein. Das Fernrohr war zwar aus dem Fenster gerichtet, aber auf die Straße hinunter, nicht zum Himmel hoch. Ganz offensichtlich beobachtete Mister Mortimer mit dem Fernrohr lediglich, wann Miss Marple das Haus verließ, damit er den Käse hatte stehlen können. Nur, wie sollte sie ihn des Diebstahls überführen? Miss Agatha dachte angestrengt nach. Dabei fiel ihr Blick auf das Buch auf dem Nachttisch. Sie wandte sich wieder an Mister Mortimer.

„Haben Sie sich denn schon eingelebt bei uns?"

„Ja, sehr", antwortete Mister Mortimer.

„Und die Stille ist einfach herrlich, nicht wahr? Sind Sie denn zum Lesen gekommen?"

Mister Mortimer lächelte hinterhältig und zeigte dabei seine spitzen Zähne.

„Ja, selbstverständlich. Ich habe den ganzen Tag gelesen. Ich konnte den Käse gar nicht stehlen, weil ich ja gelesen habe."

„Soso", antwortete Miss Agatha. Sie trat auf Mister Mortimer zu und sagte leise: „Und warum ist das Lesezeichen dann immer noch an der gleichen Stelle wie gestern?"

Mister Mortimer wurde blass um die Nasenspitze.

„Sie haben nicht gelesen und Sie sind kein Astronom. Sie sind ein Dieb."

Mister Mortimer wich zurück. Miss Agatha sprach höflich, aber bestimmt weiter: „Ich werde Sie nicht bei der Mäusepolizei anzeigen, aber ich kann nur sagen: Mäuse wie Sie brauchen wir hier in diesem Haus nicht. Guten Tag."

Miss Agatha nickte vornehm und trippelte zur Tür hinaus, lief wieder in ihre Mausewohnung zurück und erzählte Mister Finger von ihrem Abenteuer. Mister Finger wurde im Nachhinein vor Aufregung noch so übel, dass er fünf weitere Muffins verschlang. Mister Mortimer aber zog noch am gleichen Tag aus und wurde nie wieder gesehen.

Am Abend aber schrieb Miss Agatha ihren neuesten Detektivfall, den sie so erfolgreich gelöst hatte, in ihr Tagebuch, löschte das Licht und konnte wieder beruhigt schlafen.

Schnitzeljagd

Mein Name ist Julius und ich bin der Rauhaar-dackel, der den vermeintlichen Maler, der in Wahr-heit ein Dieb war, zur Strecke brachte. Mein Ruhm geht so weit, dass mich mittlerweile sogar der alte Jagdhund, der drei Häuser weiter wohnt, grüßt, wenn ich an seinem Haus vorbeigehe.

Es ist Samstag Vormittag und meine Familie ist beim Einkauf. Sie sind mit dem großen Kombi weg-gefahren und werden erst nachmittags wieder-kommen, wenn der große Kombi voll beladen ist mit Sachen aus dem Supermarkt. Ich bin also allein im Haus und habe darauf zu achten, dass kein Schurke einbricht. Auch der Postbote nicht. Gut, ich habe die Abfahrt meiner Familie selig ver-schlafen, schließlich weiß ich, dass sie am Sams-tag wenig Zeit für mich haben. Ich recke und strecke mich, springe vom Bett, auf dem ich neuerdings schlafen darf und streife ziellos durch das Haus.

Doch halt! Was ist das? Rieche ich da eine Wurst? Ich hebe meine Nase, schnuppere, dass der Bart vibriert, und konzentriere mich enorm. Ja, ich rieche Wurst. Ich schnupppere mich die Treppen hinunter und finde ein Wurstrad auf dem Schreibtisch. Ich kann nicht an mich halten und schlinge die Wurst hinunter (außerdem ist ohnehin keiner da, der meine Manieren bemängeln könnte) und dann sehe ich das nächste Wurstrad – direkt vor der Kellertür. Meine Güte! Bin ich im Hundehimmel gelandet? Aber während ich dieses Stück Wurst in mich hineinschlinge, wird mir die Sache etwas unheimlich. Warum liegt bei uns Wurst über den Boden verteilt? Frauchen ist sonst so penibel auf Sauberkeit bedacht.

Nun, ich bin doch Kommissar Scharfsinn, oder? Na, das ist doch mein nächster Fall. Ganz klar. Ich drücke die angelehnte Kellertür auf und eile die Stufen hinab. Das Licht brennt. Auch sehr seltsam. Und dann rieche ich es – Schnitzelfleisch. Ich schnuppere mich an Kartons vorbei über angestaubte Teppiche hin zum Kellerfenster – das geöffnet ist! Nun weiß ich, dass etwas im Argen liegt in diesem Haus. Ein Kellerfenster muss geschlossen und vergittert sein und dieses hier ist weder geschlossen noch vergittert. Ich hopse einige Kartons hinauf und quetsche mich durch das Kellerfenster – ich muss wissen, ob da draußen im Garten etwas vorgeht, was unter „kriminell" verbucht werden könnte. Vor mir baumelt auf einem Stäbchen, das in der Erde steckt, ein Stück Schnitzel! Jaja – ein Schnitzel. Es riecht herrlich verlockend frisch und saftig. Aber ich esse es nicht. Stattdessen setze ich meine Nase auf dem Gartenboden an und schnüffle mich vorwärts. Hier riecht es überall nach Essen! Ich laufe weiter und bereits am ersten Baum – dem Apfelbaum vor der Terrasse – liegt das nächste Schnitzel! In immer kürzeren Abständen folgt Schnitzel auf Schnitzel – quer durch den ganzen Garten. Es ist die reinste Schnitzeljagd.

Aber was ist das? Gleich hinter dem Busch ist doch jemand. Ich kann einen Turnschuh weiß aufblitzen sehen. Wieder raschelt es.

Ich konzentriere mich, gehe zielstrebig weiter und kurz vor dem Busch mache ich einen geschickten und sehr raschen Schlenker und jage hinter den Busch. Ich kläffe wild und belle, springe an jemandem hoch und dann höre ich: „Julius! Du bist wunderbar!"

Verblüfft höre ich auf zu bellen, setze mich und sehe hoch. Tatsächlich – da steht meine ganze Menschen-Familie und grinst und strahlt mich an. Lukas hat einen großen Korb im Arm und stellt ihn vor mir ab.

„Hier Julius – das ist noch mal eine Belohnung dafür, dass du so ein tapferer Wachhund bist."

Meine Augen quellen fast aus den Höhlen: ein Korb voll mit Knochen und Spielzeug und eine dicke, große Mortadella sitzt dazwischen.

Lukas flüstert mir ins Ohr: „Ich sage auch nie wieder, dass du ein kleiner Hund bist. Du bist der größte Hundeschatz der Welt!"

Die Autorin

Belinda Rodik, geb. 1969 in Österreich, arbeitete früher als freie Journalistin, dann als Werbetexterin und lebt heute als freie Autorin in Köln.
Sie hat bereits mehrere Sachbücher veröffentlicht sowie einige Kurzgeschichten bei verschiedenen Verlagen. Ihre Jugendbuch-Krimi-Reihe „Anno Domini" und ihr erster großer historischer Roman sind 2001 erschienen.

Der Illustrator

Guido Apel, geboren am 18.11.1970 in Münnerstadt/ Unterfranken arbeitete 10 Jahre als Grafiker in der Werbung (Kataloggestaltung) in Altenkunstadt/Oberfranken, nachdem er seine Lehre zum Druckvorlagenhersteller absolvierte.
Seit Juni 2000 ist er als freischaffender Grafiker, Fotograf, Musiker und Illustrator tätig.

In dieser Reihe neu erschienen:

ISBN 3-8112-2537-5   ISBN 3-8112-2538-3

Je 128 Seiten, durchgehend farbig illustriert

gondolino

In dieser Reihe bisher erschienen:

Je 128 Seiten, durchgehend farbig illustriert

gondolino